# 희곡 안중근

김춘광 저

B 범우

# 목 차

부친 안태훈 진사

모친 조마리아 여사

# 이 책을 읽는 분에게

해방! 해방! 얼마나 반가운 말인가.

해방은 되었으나 독립은 언제 되는고?

자주독립! 완전무결한 독립!

나라는 언제 세우나. 삼천 리 강토疆土에 크나큰 살림을 맞으실 주인공은 누구실까?

삼천만 동포가 다 같이 머리를 조아리고 기다리고 있다. 삼천 리 강산도 일각삼추一刻三秋로 기다리고 있다.

만고풍상萬古風霜을 겪으신 여러 선생님, 백두산이 높다 해도 동해바다 깊다 해도 의義로 일생을 바치신 그 존엄함이며 거룩하심이 어찌 백두산이 따르고 동해바다가 미치오리까. 의로 살고 의로 죽은 의사 안중근 선생의 사기史記를 감히 희곡으로 대담하게 썼습니다. 우리 삼천만 동포는 다 같이 안의사가 되십시다.

# 희곡 안중근 전편

## 전 4막

● 전편에 부쳐

# 각본을 쓰고 나서

김춘광 기記

광무光武 2년에 미국인 골부란이 서울에 전기사업 권리를 얻어 조선 사람과 같이 합자회사 한성漢城전기회사를 만들었다. 한성전기회사는 30만 원 자본을 인수하여 그 이듬해인 광무 3년부터 경성에 전등을 처음 켜게 되었고 동시에 전차 설치까지 하였다.

이로부터 외국인이 들어오기 시작하여 광무 8년 1월 초순에 노국露國(러시아) 병兵은 공사관을 호위한다는 명칭名稱으로 백 명 이상이 들어오고 다음으로 영국, 미국, 이태리, 불란서, 독일 각국 병兵이 호위병으로 3백 명 이상이 들어와 정동貞洞 일대는 이색인異色人에 검광劍光이 찬연

燦然하여 민심은 극도로 신凶하였다.

그 당시, 한국 조정은 중립을 표명하고 모든 일에 극히 진중하였다. 그러나 벌써 1월 23일에는 인천에 노함露艦 코리스트와 와리야크 두 배가 입항하였고, 일본에서는 천세함千歲艦이란 군함을 정박시켰다. 결국, 일차 풍운급박風雲急迫하여 노함(러시아 배)을 인천 팔미도八尾島 옆바다에서 침몰시키니, 광무 8년 1월 10일 일본은 노국에 선전포고하였다. 그로부터 일로日露는 근 2년을 두고 맹렬히 싸웠다.

광무 9년 8월 상순, 일로日露강화담판講和談判 개시開始가 될 때까지 일영日英동맹조약 개정발표를 보건대, 확실히 일본은 한국을 독립시켜주기로 인정되었다. 또 일로 개전 당시 조서詔書를 보아도, 일본이 승리하면 반드시 한국을 독립시킨다고 하였다.

광무 8년 2월 23일에 외부대신外部大臣 임시서리署理 이지용李址鎔과 일본 특명전권공사特命全權公使 하야시 곤스케林權助 사이에 맺어진 의정서를 보아도 제3조에 견犬 일본제국 정부는 대한제국의 독립을 확실히 인정한다는 조약이 분명히 있었다. 그러나 일본은 일로강화조약 벽두劈頭에 한국을 일본 보호감독 하에 두기로 하였다. 당시 내각총리대신 계공桂公이 가장 무단적으로 주장하였고 외

무대신 코무라 주타로小村壽太郎도 강경하였다. 또한 일
본 육해군 측도 이 기회에 한국에 대하여 단호히 처리한
다는 것을 고집하였다.

이리하여 한국 조정에는 친일파가 있어 국운이 위태함
을 알고 당시 〈황성신문皇城新聞〉은 민속敏速한 보도를 하
였다.


일본은 우리나라를 보호감독 밑에 둔다니, 참으로 가경가
탄可驚可歎할 일이다. 먼저, 외교권을 장악하고 한국 주재 열
국列國 공사를 철폐시키고 또한 주외 한국공사도 철거시킨다
니 어찌 원통하고 피눈물이 아니 흐르리오.

삼천 리 강토를 잃게 되니 우리는 분기奮起하자.

일본은 가증스럽게도 우리 한국을 유린하였다. 독립을 시
켜준다고 언필즉言必則 말을 내세우더니 오늘날 이 지경이
웬일인가.


이렇듯 운운하는 침통한 기사는 매일같이 〈황성신문〉
에 보도되었다.

이때, 돌연 친일주의 일진회가 회장 이용구李容九를 내
세우고 일어났다. 전 국민은 각 신문과 같이 일진회를 매
국노라고 욕을 하며 살을 깎아 팔고 뼈를 갈아 파는 놈들

이라고 일대 접전이 일어났다. 당시 배일排日단체로는 공진회共進會, 대한자강회大韓自强會가 있었다.

이 문제를 해결 지으려고 나선 사람이 이토 히로부미伊藤博文(당시 공작公爵)이다. 한국특파대사로 메이지明治 38년 1월 3일 동경을 떠나 군함 수마須磨를 타고 부산항에 들어와 특별열차로 경성에 들어오니, 때는 11월 9일 오후 6시 반이다. 이토 히로부미가 남대문역에 도착하니 군사령장관 하세가와長谷川와 하야시林 공사公使가 출영出迎하여, 정동서 독일부인이 경영하던 손타크 호텔로 안내하였다(지금 조선호텔이 생기기 전).

수운愁雲에 싸인 경운궁景運宮…… 지금 덕수경德壽更이 되도록 계속되고 있다.

당시 인물은 내무대신 이지용李址鎔, 학부대신 이완용李完用, 군부대신 이근택李根澤, 외무대신 박제순朴薺純, 법무대신 이하영李夏榮, 도지부대신 민영기閔泳綺 등이었다.

결국 이토는 마구 위협을 가하였다. 이완용의 입으로 조인을 하자고 말하니 여러 대신도 응하여, 조인식이 끝나니 때는 밤 새로 1시 반이었다. 이를 눈치 챈 우리 동포 중에는 재빠르게 이완용의 집에 불을 질러 그날 밤으로 타버렸다. 이때부터 붉은 피가 끓는 지사들은 하늘을 우러러 통곡하고 젊은이들은 땅를 갈아 무너져가는 나라를 붙들고자 애썼다.

……나라를 다시 세우고 동포의 장래를 위하여 조국을 떠난 애국지사 중에 안중근 의사를 우리는 잊을 수 없다. 그러면 안의사가 걸어온 길을 대강 아는 데까지 쓰기로 하자.

안중근은 황해도 해주 출생으로 신천信川에서 살다가 진남포로 떠났다. 조부 안인수安仁壽 씨는 진해 군수까지 지내고 부 안태훈安泰勳 씨는 과거에 급제하여 진사까지 지냈다. 그 지위는 양반에 속하지 못한다 하여도, 그러나 메이지 27년 동학당이 일어날 때 부 안태훈은 관찰사 명을 받고 동학당을 토벌한 다음, 그 명성이 빛났다. 가문은 일찍이 불국佛國 천주교를 믿고 중근은 세례까지 받았다.

17세때 이미 공부는 《경서經書》, 《통감痛鑑》 9권까지 읽고 한역 《만국사》와 《조선사》를 읽었으며, 〈대한매일〉, 〈황성신보〉, 〈제국신보〉 등의 공립신문을 많이 읽었다. 블라디보스토크浦塩斯德에서는 〈대동공보〉를 주로 읽었다.

신천의 유명한 가문의 손으로서, 진남포에 와서는 당시 배일 변사辯士 서북학회 안창호 선생의 연설을 듣고 크게 감격하였다. 와락와락 타오르는 조국애와 삼천 리 강토를 기어이 찾겠다는 피 묻은 결심을 하고 떠날 때는 벌써 부친이 세상을 떠나신 지 2년이었다. 진남포에 있으면서 안중근은 15세때 30여 명의 병졸을 거느렸다. 삼흥三興학교도 창설하였다. 의병 중 수장으로 용맹이 비범하였다. 떠날 때에도 조국의 흰 옷을 입었다.

블라디보스토크에 가서 신한촌을 세우니(미상未詳), 때는 단기 4242년 기유년 봄이었다. 한국에서 몰려드는 의열지사와 함께 열두 동지가 모여 손가락을 잘라 혈서를 썼다. '대한독립'이라고……

간신히 군자금을 모아 3백의 군을 거느리고 함북 경흥군 일대를 들이쳐 일병을 마구 무찌르며 당당한 기세와 백절불굴의 용맹으로 회령까지 왔다. 그러나 우세한 일본군 수천을 무기로나 그 수로나 당할 수 없어, 마침내 3백 용사는 두만강 변두리 붉은 흙을 무덤으로 삼아 한 많은 눈을 감고 말았다.

슬프다, 동지여……. 몇백 번 외마디 소리로 부르며 울었으랴…….

동지를 잃은 안의사는 말없이 흐르는 두만강을 바라보며 두 주먹으로 가슴을 치고 울었다. 피눈물을 쏟으며 울었다. 쓰러져가는 나라를 누가 일으키리오 하며 울었다. 울다가 닷새를 꼬박 굶고 돌아왔다.

다음으로 안의사가 만난 동지는 우덕순禹德淳이다. 출

생지는 충청도 제천이요, 서울 동대문 안 양사동에서 살다가 대의를 품고 들어왔다.

그 다음 만난 동지는 조도선曹道先이다. 고향은 함경남도 홍원군 경포면이요, 나이는 37세. 이곳에서는 세탁업을 하나, 뜻이 같고 마음이 같은 동지이다.

그 다음 만난 동지가 유동하劉東夏이다. 나이는 17세였으며, 고향은 함경남도 덕원군 원산이고, 아버지는 당시 의생醫生이었다. 유동하는 피 끓는 가슴 속에 사무친 원한을 어떠한 수단을 써서라도 일본을 쳐부술 마음, 나라를 찾을 마음으로 이러한 동지들과 모였으니, 날이면 날마다 밤이면 밤마다 가슴 속에 철철 흐르는 뜨거운 피는 가장 값있게 흘리려는 것이 소원이요, 목적이었다.

때는 왔다. 하늘은 드디어 기회를 주었다. 〈대동공보大同共報〉 이강李剛이라는 친우에게서 기별이 왔다. 대한을 집어삼킨 마사魔使 이토 히로부미가 만주를 시찰한다는 핑계로 중국과 노국을 또 우리 한국과 같이 알농을 쳐 좀먹듯이 집어먹으려는 이토가 온다는 소식, 천재일우의 기회가 온 것이다.

안중근은 밤을 새웠다. 사흘 밤을 새웠다. 동지들과 결탁하고 약속하였다. 안의사는 말하였다.

"일은 나 혼자 할 테니 뒤의 일만 부탁이오."

　동지들은 더운 눈물을 흘리며, "네" 대답하였다.

　안의사가 동지들과 같이 이토를 죽일 기회를 얻노라고 고생하던 사실은 후편에 다시 소개하겠기로 생략한다.

　때는 메이지 42년 10월 18일, 재만在滿 관민官民의 성대한 환영을 받으며 이토는 다롄에 상륙하였다. 20일 뤼순에 이르러 일노전적을 순시한 다음, 차내에서 노국 대장대신 코코호프 씨와 20분간이나 회견하며 꿀을 담아 부었다.

　……이토 히로부미가 하얼빈 역에 내린 시간은 10월 26일 오전 9시. 노국 헌병과 일군이 진을 친 속에서 문득 총성 일 발, 또 한 방, 또 한 방. 이토는 가슴에서 붉은 피를 흘리며 넘어진다. 그 다음 또 한 방, 모리森 비서관이 넘어진다. 또 한 방, 다나카 만철이사滿鐵理事가 넘어진다. 또 한 방, 카와카미 하얼빈 총영사가 넘어진다.

　삼천 리 강토를 빼앗고 2천만 동포를 쇠사슬에 묶어놓은 이토를 내 손으로 죽였소. 3천만 동포는 이 모양을 보아주소서 하는 듯이 안의사는 한 발자국 옮기지도 않고 달아날 생각도 아니하였다. 남아 세상에 태어나 할 일을 하였거늘 무엇이 두렵고 무엇이 겁나리오. 끝까지 꺾이지 않는 장렬한 기상은, 즉 우리 대한청년의 기상이었다.

　어느 사이엔가 노국 헌병은 안의사의 손을 잡았다.

　후편에서, 안의사가 공판에 회부되어 재판장을 비롯하

여 검찰관과 싸우는 우리 안의사를 다시 생각하며 보십
시오.

　극단 청춘극장은 여러분과 같이 오늘의 해방의 역사를
선생 영전에 삼가 바치며, 이 희곡을 상연하였습니다.

# 제1막
## 나오는 인물

고종황제 폐하  57세

학부대신 이완용  45세

인물소개장  52세

외무대신 박제순  50세

법무대신 이하영  48세

도지부대신 민영기  47세

전권공사 하야시 곤스케林權助  51세

공작 이토 히로부미伊藤博文  60세

법부주사 안병찬安秉瓚  60세

노老 조병세趙秉世  57세

갑  30세

을  21세

대녀 갑  18세

대녀 을  19세

대녀 병  22세

대녀 정  27세

내관 갑  45세

내관 을  43세

서막 연사演士

동자 두 명

# 제 1 막

추운秋雲에 싸인 경운궁, 즉 덕수궁이다.

무대면 중앙으로 대궐이 웅장하게 있고 좌우로 기둥이 큼직하게 섰다. 중앙에는 이태왕李太王이 앉으실 용상이 놓이고 궁궐 같은 기풍이 농후하여 전부가 그 당시 경운궁을 연상하게 된다. 모탄자 전요가 쭉 깔리고 용상이 놓인 앞에는 향로가 놓여 연기가 돈다.

—개막 전—

서막에 한 노옹이 동자 두 명을 좌우에 세우고 가장 무겁고 엄숙하게 죽장을 짚고 앞에 나가 서서 일반 관중에게 말을 한다.

서막 연사 여러분, 조용하시고 정숙해주십시오. 여러분,

동녘 하늘에 해가 뜨고 서녘 하늘에 달이 기우니 지구는 돌고 세월은 흘렀습니다. 우리 동방에 예의지국으로 생겨난 우리나라를 생각하며 우리 선조를 다시 생각하여보십시다. 극락과 지옥이 따로 있는 것이 아니라 사람이 마음을 먹는 대로 극락과 지옥이 있을 것입니다. 여러분, 저 지나간 옛일을 다시 한 번 생각하여보십시다. 우리는 분명히 4천여 년 역사국이요, 5백여 년 복락福樂국이라고 말씀했지요.

단군 천 년, 기자箕子 천 년, 신라 천 년, 고려 5백 년, 이조 5백 년, 신라는 삼 성의 임금님이 56대를 사시어 992년 동안, 백제는 31대를 사시어 678년 동안, 고구려는 28대를 사시어 705년, 고려의 34대 475년, 이조는 27대를 사시어 519년 동안······. 가만히 우리는 돌이켜 생각할진대 눈물이 앞을 가리우고 캄캄한 지옥이 앞에 놓이는 것 같습니다.

우리는 서로 사랑해본 적이 있습니까? 남을 위해서 살아본 적이 있습니까? 의롭게 살아본 적이 있습니까? 권리다툼, 세력다툼, 명예다툼······. 이것 때문에 백성들만 도탄에 빠져 불쌍한 생활을 한 것이 사실이 아닙니까? 우리는 부끄럽지 않아요?

너무 해놓은 일이 없으니 기막히지요, 한심하지요. 한 줄의 글, 한 마디의 말이라도 우리를 위한 일이라면 그것이 씨가 되어 떨어져서 싹이 나고 열매가 맺어지지만, 천도인심이 깨닫지 못하고 머리에 흰 털이 늘어가게 되면, 목표는 바로세웠지만 결국 쓰러지고 넘어지고 맙니다.

여러분, 우리는 정신을 차립시다. 갑오독립을 생각하시는지요? 강화 7조약을 맺고 대한을 독립시킨다고 아직까지도 사 대문 밖에는 독립문이 뚜렷하게 서 있지 않습니까?

그러나 우리는 독립을 해본 적이 있습니까? 독립을 해본 일이 있습니까? 왜 대답 못하십니까? 독립을 해본 일이 있다면 있다고 대답해보십시오. 결국, 그 독립문은 섧고 처량하게 형태만 가지고 우리를 불쌍히 내려다보고 있지 않습니까? 조정에 정사가 어지러워지니 다른 나라가 우리를 약하게 볼 것은 사실이 아닙니까? 노국이 우리를 엿보고 청국이 우리를 넘겨다보고 일본이 우리를 집어삼키려고 사자 어금니 같이 벼르고 대드는 판에 우리는 결국 한 일이 무엇입니까?

일로강화담판 개시가 8월 상순에 시작되자, 광무 9년 11월 17일 밤 새로 한 시 반에 박제순 외부대신과 특명 전권공사 하야시 곤스케 사이에 5개 조약에 체결되니, 이 시간부터 우리는 삼천 리 강토를 빼앗기고 2천만 동포가 쇠사슬에 결박을 당하게 되었습니다. 종로 일대와 거리에는 상점문을 굳게 닫고 각 학교까지도 폐지되다시피 이 구석 저 구석 모여 앉은 백성은 모두들 통곡을 하며 피눈물을 뿌렸으니 꼭 국상이 난 듯싶었습니다.

이 소식을 들으신 법부주사 안병찬 씨는 도끼를 들고 대한문에 이르러, 폐하께옵서 만일 조약을 파기 안하옵시면 소신은 도끼로 목을 찍어 죽겠사옵니다. 엉엉 우시며 말씀을 아뢰옵고, 원로 조병세 씨는 시골서 올라오신 백발노옹 심상훈沈相薰 씨와 같이 통곡을 하였으며, 시종무관장 민영환閔泳煥 씨와 전 대신 이근명李根命 씨가 현 내각을 공격하고 한 매에

쳐 죽일 놈이라고 호령을 하였습니다.

민영환 씨는 비분에 사무쳐서 자택에서 자결하시고 조병세 씨도 표훈원表勳院에서 자결하셨습니다. 이상철李相哲 씨는 나라 잃은 놈이 살아 무엇 하리이까 땅을 치고 노상에서 돌에 머리를 찧어 돌아가셨습니다.

경상북도 홍유鴻儒 송병철 씨가 선조님 무덤 앞에서 자결하시고 주영공사 이한응李漢應 씨도 런던에서 자결하시고 학부주사 이상철 씨 평괴병平壞兵 김봉학金奉學 씨는 모두 이렇게 장렬한 죽음을 하셨습니다.

이분들의 거룩한 죽음과 충렬의 붉은 피가 흐르신 것을 생각할 때, 우리나라에도 영광에 빛나려던 충신열사가 있었던 것을 우리는 잊어서는 안됩니다. 이 중에도 우리 한국을 좀먹듯 집어삼킨 마사 이토 히로부미를 하얼빈 역두에서 통쾌하게 죽인 안중근 의사 영전에 해방된 우리 역사를 오늘날 고이 바치기로 하십시다.

이제부터 추운에 싸인 경운궁 안에서 우리 한국을 좀먹던 마사 이토 히로부미가 친일파와 연락하여 삼천 리 강토를 빼앗은 어전회의 조인식이 첫 막에 소개될 것입니다.


—소리— 거문고 소리, 단소 소리

개막하면 이완용 상좌, 이근택 중좌, 박제순 하좌가 앉아 있다.


박제순    (일어서며) 오늘이 광무 9년 11일 열이렛날이지요.

이근택    북한산 위에 하얀 눈이 덮였소.

이완용    남산 솔방울이 떼굴떼굴 굴러 내리지 않소.

박제순    이조 5백 년 역사도 오늘이 마지막인가 하오.

이근택    서로 사랑하고 서로 도와주고 좀 더 의롭게 살
          았더라면 오늘날 이 지경이 없을 것을.

이완용    미국파, 노국파, 친일파 때문에 조정인들 어떻
          게 마음을 놓고 정사를 다스린단 말이요.

박제순    여보, 우리는 그런 말 하기가 부끄럽지 않소.
          대체 우리가 해놓은 일이 무엇이오. 하기야 목
          표만 바로세우고 나가다가 죽어도 좋겠지요.

이근택    우리는 이땅에 기초를 세우지 못했소. 남의 나
          라에 의지만 하려고 애를 썼소.

박제순    오늘에 우리가 당하는 괴로움도 반드시 우리
          가 걸머질 짐인 줄 알아야지요. 하느님의 채찍

인 줄 알고 맞아야지요.

이근택  옳소이다. 우리는 너무 무력했소. 정사를 다스
림에 게을렀소.

박제순  핍박과 장해가 우리 앞길을 딱 막아놓았으니
무슨 힘으로 뚫고 나간단 말이오.

이근택  불행히 일본의 속국이 된다면, 천도인심이 용
서를 아니 하우.

이완용  그것은 조급한 생각과 비창한 생각에 그런 한
탄이 나오는 것이오. 일본은 우리를 늘 보호해
줄 것이오.

박제순  듣기 싫소. 종로 네거리에 나가보오. 백성들의
원망하는 소리가 하늘에 사무쳤으니.

이근택  우는 사람, 넋을 잃은 사람, 쓰러져가는 사람,
가슴을 치는 사람.

이완용  그렇지만 오늘은 우리나라 국운을 결정하는
날이 아니오?

박제순  생각하면 원통하우. 때를 놓친 것이 분하우.
시기와 갈등으로 눈을 부라리고 주먹질은 서
로 하였어도 한 줄의 글, 한 마디의 말이라도
나라를 위하여 씨를 뿌리지 못하였구려.

이근택  천도인심이 우리를 용서 안할 것이오.

박제순    죄는 우리에게 있소. 정사를 맡아본 우리에게
        있소.

이근택    백성이야 무슨 죄가 있소. 생각하면 생각할수
        록 불쌍한 것이 백성이오.

박제순    학생들은 공부들도 아니하고, 농사꾼은 농사도
        안 짓고, 상인들은 장사도 아니하고 오직 우리
        입에서 떨어지는 대답을 기다리고 있잖소.

이완용    나는 그런 것이 문제가 아니라고 생각하오. 우
        선 앞에 당면한 일부터 처리하는 것이 옳지 않
        소?

박제순    민의를 저버리고 어떻게 정사를 다스린단 말
        이오.

이완용    그러니까 여러분도 다 같이 듣지 않았소.
        이토 공의 말이나 하야시 공사의 말을 들으면
        어디까지 우리나라를 잘 보호해준다고 아니
        했소?

박제순    보호라면 그것이 진정한 보호라고 믿소?

이완용    나는 조금도 의심 없이 믿소.

박제순    나라를 팔고 백성을 팔고 보호를 받는다는 그
        보호가 무슨 의미의 보호요? 눈 밝은 고양이
        가 쥐를 붙드는 격이요. 호랑이 아가리에 날고

기를 바치는 격이지.

이근택   옳소이다. 옥야沃野 삼천 리를 빼앗길 생각을
        하면 가슴 속에 뜨거운 피가 철철 끓어 넘소.

박제순   동해물과 백두산이 마르고 닳아도 대한 사람
        대한으로 길이 보전하자고 하였거늘. 오늘날
        이 지경이 웬일이오.

이완용   여보시요. 그 가당치 않은 말씀 작작 하시오.
        이것도 한때의 운명이라고 생각할 수밖에. 기
        울어가는 국운을 누가 건지우. 일본은 세계의
        제일가는 최대 강국 노국을 쳐부쉈고, 우리가
        무슨 수로 당한단 말이오? 벌써 일병은 인천
        에 상륙을 했소. 익산에도 상륙을 했소. 우리
        황성은 일병에게 포위를 당하고 있소.

이근택   일병이 그렇게 무섭소? 그렇게 두려워요? 우
        리는 적어도 4천여 년 역사국이오. 조국을 팔
        고 백성을 울리는 정객은 정객이 아니라 죄인
        이오. 죽음이 두렵다면 왜 나라일을 맡았소?
        일천 번개와 일천 벽력이 머리 위에 떨어지더
        라도 눈 하나 깜짝이지 않고 할 일은 해야지요.

박제순   옳소이다. 조국의 혼이 있고 대한의 혼이 있다
        면 우리는 다 같이 이 자리에서 죽읍시다.

이완용  여보시오. 그 철없는 말씀 작작 하시오. 뒤에
서 정말 벼락이 떨어져도 눈 하나 깜짝 아니하
려오? 말로는 쉽고 입으로는 쉬워도 그렇게
하기가 어렵소.

돈이 백만 냥이면 그것을 가지고 가며, 만승
천자라도 죽어지면 허사요. 이름이 아무리 높
다 해도, 삼천육천 세계에 들이지는 못하지요.

박제순  그러면 공은 끝까지 살아서 명예나 지위를 얻
고 싶단 말이오?

이완용  옳소이다. 그렇고. 내가 살아야 나라도 있고
권세도 쥐고 호강도 하우. 내가 죽으면 남는
것이 무엇이오? 청산 속에 한줌 흙밖에 더 될
게 있소?

이근택  공은 끝까지 명예나 지위를 탐내어 나라를 팔
고 백성을 팔겠단 말이오?

이완용  팔겠다는 말이 아니라, 국운이 위기에 직면한
것을 생각해보시오. 용빼는 장사가 누구란 말
이오?

이근택  공은 너무 마음이 약하오. 비겁하우.

이완용  공께선 마음이 굳세고 튼튼해서 이토 공이 올
적에 정차장까지 마중을 나갔소? 거죽에는 충

신열사의 탈을 쓰고 속으로는 잡아먹을 듯이
미운 짓을 하면서도, 그래도 큰소리를 하시겠
소? 하늘은 속여도 이완용이는 못 속입니다.

이근택  정차장에는 누가 나갔단 말이오? 나는 정차장
에 그림자도 비친 일이 없소. 근거 없는 말씀
을 함부로 하지 마시우.

박제순  정차장에는 참정參政 한규설韓圭卨 씨와 관내
부대신 이재극李載克 씨와 나 세 사람이 나갔
소. 이공은 전혀 나간 일이 없소이다.

이완용  그러면 내가 잘못 알고 실언을 한 모양이오.
그러나 공께서는 이토 공을 영접하러 나가던
마음이 가장 성결하다고 생각하시우?

박제순  나는 임무를 담당했을 뿐이오.

이완용  외무대신이시니까.

박제순  나라의 체면을 생각해서라도 국빈을 어떻게
영접 아니 할 수 있소?

이완용  말씀 한번 잘 하셨소. 적어도 이토 공을 국빈
으로 모신다면, 외무대신만 영접을 나가고 그
외에 제신은 나갈 자격이 없단 말씀이오?

박제순  말씀을 삼가시오. 나가고 아니 나가는 것은 공
들의 자유가 아니겠소?

이완용　옳으신 말씀이오. 그러나 겉으로는 잡아먹을
　　　　듯이 미운 놈에게도 아첨을 하니 걱정이죠.

이근택　간악무도한 일본이 우리나라에 침략정책을 쓰
　　　　고 있잖소.

박제순　사기와 협박 속에서 소위 5개 조약을 맺자고
　　　　하잖소.

이근택　참으로 기막힌 일이오. 빛나는 반만 년 역사에
　　　　모욕을 받게 되고 삼천 리 강토를 잃어버리게
　　　　되었구려.

박제순　혀를 깨물고 피를 토하는 백성들을 어찌하면
　　　　좋단 말씀이오.

이근택　우리나라에는 우국지사는 많으련만, 이미 기
　　　　울어지는 국운을 바로잡을 아무 도리조차 없
　　　　소이다 그려.

박제순　우리는 정말 정사가 어두웠소. 게을렀소. 실력
　　　　을 양성하지 못한 것이 한이오.

이근택　그렇습니다. 의사 열사가 있다 해도 실력을 기
　　　　르지 못했으니 무슨 재조才操로 막는단 말씀
　　　　이오.

박제순　죄는 우리에게 있소이다. 칼을 물고 거꾸러져
　　　　도 죄는 남을 것이오.

이근택  삼천 리 방방곡곡에는 민성이 높아지니 장차
　　　　이 일을 어찌 한단 말씀이오.

박제순  반만 년 역사를 파묻고 나라까지 잃게 되니 이
　　　　설움을 어디다 호소하겠소.

이근택  아우성을 치고 통곡하는 백성들을 우리는 목
　　　　도하였지요. 죽으면 다 같이 죽읍시다. 정말이
　　　　지 나라는 빼앗기지 말아주소서. 이 울음소리
　　　　가 천지에 가득 차 있습니다.

박제순  조국을 사랑하고 아끼는 것은 백성들의 마음
　　　　입니다. 즉 대한 사람의 혼입니다.

이근택  일본놈의 세력은 절정에 이르렀소. 우리가 만
　　　　일 거부한다면 민족의 희생이 더 한층 클 것입
　　　　니다.

박제순  싸워도 좋고 피를 흘려도 좋소이다. 그러나 맨
　　　　주먹으로 어떻게 싸우고 어떻게 피를 흘리겠소.

이근택  우리는 왜 좀더 ·일찍이 준비가 없었소. 세력
　　　　다툼, 지위다툼, 명예다툼, 이 싸움 때문에 결
　　　　국 오늘에 와서는 이 지경이 아니오. 군사교련
　　　　도 못 시키고 실력양성도 못하고.

박제순  이순신李舜臣과 같은 명장이 있거늘 우리는 그
　　　　동안 군함 하나 똑똑히 만들어놓지 못했구려.

이근택  울분한 민의가 폭발이 된다면 결국 민란이 일
        어나고 말 것이오.

박제순  그러니 이 나라 정사를 어떻게 다스려간단 말
        이오.

이완용  그러니까 우리는 일본의 보호를 받고 한 근심
        을 잊어버리자는 말씀이오.

박제순  떳떳한 내 나라를 가지고 뭣 때문에 남의 나라
        의 보호를 받는단 말이오?

이완용  공은 잊으셨소? 의정서에 조인을 안 찍는다고
        반대하던 내장원경內藏院卿 이용익李容翊이가
        공사관에 붙들려 일본으로 건너가던 일을.

박제순  그러면 일본은 결국 탄압이요, 협박이요.

이완용  물론, 일본이 서울 장안에 군대를 몰아넣고 하
        세가와 군사령관이 들어온 것은 무슨 목적이
        오. 군함에다 대포에다 창검이 상설霜雪같이
        번뜩이는 이 판에 제아무리 나는 재조가 있을
        망정 옴치고 뛸 재조가 있소.

이근택  그러면 삼천 리 강토를 이대로 앉아서 빼앗기
        란 말씀이오?

이완용  시불운時不運 내하奈何요. 정세가 이렇게 된
        것을 어찌 하시겠소.

박제순   우리는 그것을 물리칠 능력이 없고 힘이 없소
　　　　이다.

이완용   그러니까 내 말대로 일본의 보호를 받으며 우
　　　　선 천하태평을 누리는 것이 우리의 할 일이라
　　　　고 생각합니다.

이근택   천하태평이란 말은 가당치 않은 말이오. 만일
　　　　조약이 맺어진다면 천하에 원성이 사무칠 것
　　　　이오.

박제순   원성만 사무치겠소. 나라 없는 백성들이 어디
　　　　다 의지를 하겠소.

이근택   그야말로 속절없이 일본놈의 종노릇을 하게
　　　　되지요.

박제순   원통하우, 원통해요. 옥야 삼천 리를 이대로
　　　　빼앗기게 되었으니.

이근택   4천 년 역사에 모욕이요, 조상인들 무슨 면목
　　　　으로 대하오리까.


　이하영 법무대신, 민영기 도지부대신 등장.


이하영   매우 기다리셨습니다.
　(일동 묵례)

민영기　의정서를 찾느라고 좀 늦었습니다.

박제순　찾으셨습니까?

민영기　네. (대답하면서 의정서를 끄집어낸다.)

이완용　좀 크게 읽으십시오.

민영기　네. 이것은 광무 8년에 일본이 우리나라와 맺은 의정서입니다.

　　의정서

　　대일본제국 황제 폐하에 특명전권공사 하야시 곤스케 및 대한제국 황제 폐하의 외무대신 임시서리 이지용은 각각 상당한 위임을 받고 아래의 조약을 협정함.

　　제1조　일-한 양국 간 항구恒적 불역不易에 친교를 보지保持하고 동양평화를 확정하기 위하여 대한제국 정부는 대일본제국 정부를 확신하고 시정을 개선함에 이의가 없음을 협정함.

　　제2조　대일본제국 정부는 대한제국 황실을 진실로 친의로써 안전강녕安全康寧을 도모함.

　　제3조　대일본제국 정부는 대한제국을 독립시킬 것은 물론이요, 그 영토보전에도 만전을 다함.

　　제4조　제3국 침해로 말미암아 대한제국 황실 이나 혹은 영토보전에 위험이 있는 경우에는 대일본제국 정부는 민속敏速하게 임시 필요한 조치를 할 것이요, 이 목적을 달하기 위하여 군략상 필요지점을 임시수용할 수 있음.

　　제5조　양국 정부는 상호협의상 승인을 하였은즉 후일에도 본 협약을 주로 하여 위반은 절대로 거부함.

　　제6조　본 협약에 관련한 약조는 대일본제국 대표자와 대한제국 외부대신과의 사이에 임시협정하기로 함.

　　메이지 37년 2월 23일 특명전권공사 하야시 곤스케

　　광무 8년 2월 23일 외부대신임시서리 이지용

이하영　자, 보십시오. 분명히 지금 읽은 의정서 제3조에 대한제국을 독립시켜준다는 것이 뚜렷이 있지 않습니까?

민영기　뿐만 아니라, 영토를 보전함에도 만전을 다한다고 의정서에 명백한 사실로 나타나지 않습니까?

이하영　그럼에도 불구하고 일본이 대한을 속국으로

만들어서 저희 나라 보호 아래 둔다는 것은, 즉 우리나라를 곱게 집어먹겠다는 말이 아니고 무엇입니까?

이근택  옳소이다. 우리는 속절없이 빼앗기게만 됐습니다.

박제순  지난 일을 생각하면 눈물밖에 안 납니다. 생각하면 생각할수록 세상이 모두 빈 것 같고 살 생각은 털끝 만치도 없소이다.

이근택  나 역시 죽을 생각뿐입니다.

이완용  대체 사람이란 무엇입니까? 산다는 것은 무엇이요, 죽는다는 것은 무엇입니까? 공들은 이런 생각을 용케도 하고 있습니다만, 살 욕망이 없고 죽겠다고 생각하는 분들이 왜 뭣 때문에 손타크 호텔에 출입을 자주 하시우? 이러고도 충신인 척 영웅인 척 우국지사인 척 체면이 간사하고 체면이 배부른 것은 아니오.

이근택  누가 손타크 호텔엘 드나듭디까?

이완용  말씀 마시우. 누구시라고 지정해 말은 할 수 없소. 어떤 때엔 미국파가 되고, 어떤 때는 노국파가 되고, 어떤 때는 친일파가 되어…… 뭣들이요. 이러고도 일국의 재상이라고 할 수 있소?

이하영  누구를 가리켜 하시는 말씀이오? 듣기에 매우
　　　　거북하외다.

이완용  양심을 똑바로 가진 이라면 내 말에 화낼 필요
　　　　가 없소. 때로는 하야시 공사를 만나려고 곱살
　　　　이 끼어 다니고, 어떤 때는 하세가와 군사령관
　　　　을 부리나케 만나러 다니고.

박제순  공은 이토 히로부미를 그렇게도 목이 마르게
　　　　찾아다녔소.

이완용  나도 공들에게 지지 않으려구. 나두 체면과 이
　　　　면裡面을 차리느라구. 왜…… 속이 시원하십
　　　　니까? 나는 공들과 같이 뻔뻔하게 양심은 속
　　　　이지 않소.
　　　　　열 번 목이 부러져도 할 일은 했다고 하오.
　　　　거죽에는 우국지사의 탈을 썼지만, 속에는 지
　　　　위나 명예욕이 용솟음을 치는데 어떻게 해요.
　　　　이 자리에는 지사답게 붉은 피를 철철 흘리실
　　　　분은 한 분도 안 계시우.

박제순  그것은 너무나 과도하신 말씀이 아니신가요?

이근택  인격을 무시하는 말씀은 서로 삼가십시다.

이완용  인격을 무시한다구요? 사람은 오직 마음 하나

에 달렸소. 괴롭다 하는 것도 마음이요, 즐겁
다 하는 것도 마음이요, 죽는다 산다 하는 것
도 마음이요. 극락과 지옥이 따로 있는 것이
아니라 오직 마음 하나에 달렸소. 공들은 지금
어떤 마음을 가지고 있소? 하야시 공사를 좀
더 가까이, 이토를 좀더 가까이 어떻게 기회만
있으면 나라야 쓰러지거나 멸망을 하거나 이
통에 벼슬이나 큼직한 거 한 자리 얻어 하구
싶지요. 이러고도 체면 때문에, 이면 때문에,
남이 보기에는 가장 나라를 근심하는 체, 백성
을 불쌍히 여기는 체, 삼천 리 강토를 아끼는
체…… 이게 다 뭐요. 이러고도 조정에 나와
정사를 다스린다고 떳떳이 말을 하겠소? 나부
터 도적놈이오. 나부터 역적이오. 이완용이를
죽여주우. 한칼로 목을 베어주우.

이근택    (양심으로 고백) 나는 무엇보다도 죽는 것이 제
일 무서웠던 것입니다. 내가 죽는다고 애석하
게 보아줄 세상은 아니었으나, 나 혼자만 세상
을 버리고 죽는다는 것이 너무나 안타까웠습
니다. 바람은 서늘하고 낙엽은 지고 달은 밝을
때, 의정서에 도장을 안 찍는다고 공사관에 붙

들려가질 않았소. 그때부터 나는 친일파가 되
지 않고는 살 수 없는 것을 깨달았소.

박제순   그렇소이다. 옳은 말씀이오. 원을 가진다는 것
은 한 사람의 일생에 가장 큰 일이요, 소원이
있는 사람은 한 민족이나 전 인류를 위하여서
일대사건일 것입니다. 사람마다 정당한 소원
이 다 있을 줄 압니다. 나도 그 더러운 명예나
지위욕에 사로잡혔다는 것보다도, 한 가지 소
원이 있었기 때문에 하야시 공사 말에 고개를
숙였던 것이오.

이하영   나는 어저께 비로소 만민이 불쌍하다는 것을
절실히 느꼈소이다. 병든 남편의 손목을 잡고
우는 어린 애기를 등에 업고 눈물을 절절 흘리
며 내 앞을 지나가는 여인네가 하는 말이, 이
제는 나라조차 잃어버리게 되었다니 어디다
의지하구 산단 말이오. 우는 모양을 볼 때, 나
는 그 여인네의 뒷모양을 어느 때까지 바라보
고 있었는지 모릅니다.

민영기   정말 우리는 죄인이오. 이른바 광제창생廣濟蒼
生 보국안민을 모르고 물욕에만 눈이 어두워
살아왔소이다.

제비도 새로 난 식구들을 끌고 강남의 고국으로 돌아가는데, 우리는 불쌍한 백성을 어디로 끌고 간단 말이오.

이완용   한탄한들 소용 있고 후회한들 소용 있습니까? 대붕大鵬은 대붕다운 준비가 필요합니다. 그 소원이 크고 크므로 조그마한 할미새 따위야 어찌 그 뜻을 알 리가 있습니까.

박제순   우리는 사람이 아니라 무쇠요. 날도 세울 수 없고 광택도 낼 수 없고 힘도 낼 수 없는 무쇠요.

이근택   우리는 첫째로 단련이 부족했소. 무쇠 속에 있는 협잡물을 뜨거운 불 속에 녹이고 두들겨서 명도를 만들지만, 우리야 녹일 수가 있소, 아니면 두들겨 다시 만들 수가 있소. 평생 쓰지 못할 무쇠요.

민영기   백성들에게 사죄하고 우리는 이대로 죽읍시다.

이완용   근본문제를 해결하기 전에는 죽는 것도 그렇게 쉬운 일이 아닙니다.

박제순   일로개전 당시에도 대한을 독립시킨다는 것은 헌정회본당결의에 의하여 명백한 사실이 아닙니까.

이근택   〈황성신문〉을 좀 보시오. 얼마나 비탄에 넘치

는 사설을 썼나. 우리로서 가슴을 치고 울지
않을 수 없습니다.

**박제순** 그러니 백성인들 오죽이나 울분하겠소.

**민영기** 나라를 걱정하는 지사들의 피 끓는 통분은 가
슴에 사무쳤을 것입니다.

**이근택** 밖으로는 일본의 침략 손길이 뻗어들고 무력한
정부는 일한합병이란 기만적 정책에 당면했으
니, 이 난중난사를 어찌 처단한단 말씀이오.

**박제순** 정부가 무력함에 무슨 도리가 있겠습니까.


하야시 곤스케 등장.


**하야시** 여러분, 그동안 안녕하시무니까. 나 이토 공에
게 갔다 오느라고 시간 좀 늦었스무니다. 용서
많이 해주시오. (예를 표한다.)

(일동 묵례)

**하야시** 각하, 우리 어저께 약속한 대로 잘 하셨스무니
까, 아니하셨스무니까? 왜 말이 없으시무니
까? 빨리빨리 우리의 의논이 하시부시다.

(여러분의 눈치를 보고)

　근심하시우? 걱정하실 일 조금도 없소이다.

이토 공 우리 니폰의 큰 인물이무니다. 알으시
겠소. 마음 단단이 크오. 이 나라 자리 보호해
드리무니다. 이토 공 말이 아니 들으면 대단히
재미없다고 생각하무니다.

박제순   어저께 실례 많이 했습니다.

하야시   천만에요. 우리 실례 많았스무니다. 지금 우리
니폰 세계 제일이요. 우리 니폰과 손잡고 같이
나가면 대단히 편리하게 되겠스무니다.

외무대신(이무다이진) 각하 생각 많이 하시오.

박제순   네. 그러나 애당초에 맺어진 의정서와 같이 우
리 대한은 대한대로의 독립이 필요합니다. 어
저께도 저물도록 말씀을 했습니다만, 우리를
독립시키고라도 친의를 가지고 얼마든지 서로
보호해나갈 수 있지 않습니까?

하야시   그것은 도저히 안 되실 말쓰무니다. 왜 그러냐
하면, 대한이 지금 독립을 한다면 또 다른 나
라가 그냥 두지 않을 것이지만, 일본의 속국이
라면 다른 나라가 무서워 덤비지 못할 겝니다.

이근택   그러니까 우리도 이제부터는 정신을 차리겠습
니다. 가장 힘 있는 정부를 세우고 정사를 잘
다스려나가겠습니다.

하야시　이토 공은 절대로 듣지 않으실 겝니다.

이근택　그러면 별 도리가 없다는 말씀입니까?

하야시　지금은 별 수 없스무니다. 우리 정부에 벌써
　　　　보고까지 한 모양입니다.

이완용　세상에 사람으로 생겨나 죽기를 좋아하고 살
　　　　기를 싫어할 사람이 누구란 말이오. 만일 죽기
　　　　를 좋아하는 사람이 이 중에 한 사람이라도 있
　　　　다면 이것은 거짓말 중에 가장 큰 거짓말이요,
　　　　너도나도 할 것 없이 살기를 욕망하는 사람들
　　　　뿐이 모였다고 생각하우.

박제순　지당한 말씀이오. 그것은 과연 양심이로소이다.

하야시　폐하께옵서는 아직 듭시지 않으시옵셨나이
　　　　까?

박제순　네. 아직 듭시지 않으셨습니다.

이근택　폐하께옵서도 일만 민초를 생각하옵사와 용안
　　　　에 수운愁雲이 가득히 싸여 계시옵고 두 눈에
　　　　는 눈물조차 어리시어 계시옵나이다.

민영기　왜 안 그러시겠소. 왜 안 그러시겠어요. 일국
　　　　의 흥망이 오늘날 이 시간에 달려 있는데요.


　궁녀 갑, 을 등장.

갑　　　(단정히 아미峨嵋를 숙이고)

　　　　폐하께옵서 듭시옵나니 바라옵건데 좌우는 삼가주시옵소서.

을　　　폐하께옵서 오늘은 유난히도 용안에 수운이 가득 차옵시고 두 눈에는 눈물조차 어리어 계옵시니 좌우는 더 한층 조심하시와 모셔주시옵기 바라옵니다.


　　일동 정연 엄숙히 좌를 향하여 머리를 숙인다.

　　앞에 시녀가 두 명, 뒤에 시녀가 두 명.

　　중앙으로 고종황제 폐하가 들어 중앙의 용상에 앉으시니, 시녀 4명 공손히 모신다. 내관 2명.


폐하　　(엄숙히 정좌하옵신 다음, 수운이 가득 싸이시와)

　　　　…….

이완용　　(폐하께 엎드려 절)

　　　　학부대신 이완용으로 아뢰오!

　　　　(물러설 때 고개 숙이고 공구恐懼하게 뒷걸음)

이근택　　(다같이 헌신獻身)

　　　　군부대신 이근택으로 아뢰오……. (물러선다.)

박제순　　외무대신 박제순으로 아뢰오……. (물러선다.)

이하영  법무대신 이하영으로 아뢰오……. (물러선다.)

민영기  도지부대신 민영기로 아뢰오……. (물러선다.)

하야시  일본의 특명전권공사 하야시 곤스케로 아뢰
오. (물러선다.)

폐하  (궁녀시녀를 보옵시고) 너희들은 물러가거라.


궁녀시녀 고개 숙인 채 황공하옵게 어전을 물러간다.


폐하  짐 경卿 등에 묻노니 농상공부대신 권중권權重
權은 오늘 이 회석에 참석을 아니하였는가?

이완용  황공하오나 불가피한 사정이 있으므로 헌신을
못한다고 배문拜聞돼왔삽기 그대로 아뢰오.

폐하  나라의 정사가 어지럽거늘 일국의 흥망이 지
금 이 시간에 달려 있지 않은가. 나라의 큰일
을 걸머진 신하가 어찌 참석을 아니하는고?
짐 생각하건대 심히 불유쾌하노라.

일동  (일시에) 황공하옵니다.

폐하  하야시 공사는 아직도 5개 조약을 고집하고
있는가?

이완용  황공하옵니다.

폐하  일본이 아무리 우리나라를 보호한다 하여도

　　　　　우리네의 살과 피는 되지 못하렷다.

　(일동 고개 숙인다.)

폐하　　나라를 근심하기 전에 먼저 백성을 생각 아니
　　　　치 못하리니 일국의 이해보다도, 고락보다도
　　　　더 소중히 생각할 것이 2천만 백성이 아닌가?

박제순　성덕을 베푸시사 2천만 민초를 지공막대至公
　　　　莫大히 아껴주옵시는 성려는 오직 공구감격하
　　　　올 뿐인 줄 아뢰오.

폐하　　경 등은 짐의 말을 노엽게 듣지 말지어다.

　　　　　진리를 생의 목표로 삼을 줄 모르는 정사는
　　　　값있는 정사를 다스렸다고는 볼 수가 없어, 옳
　　　　고 참되고 바른 정사는 백성으로 하여금 행복
　　　　과 문화를 길러줄 수 있으나, 옳지 못하고 바
　　　　르지 못한 정사는 백성으로 하여금 설움을 주
　　　　는 법칙이라.

이근택　황공하옵니다.

폐하　　무릇 사람 된 자 반드시 길을 닦느니, 장사하
　　　　는 사람은 가게에 앉아서 장사를 하면서, 농사
　　　　하는 사람은 괭이를 들고 땅을 파면서, 또 학
　　　　생은 학교에를 다니고 공부를 하면서 참된 길
　　　　을 찾아 참된 길을 닦는다면, 나라일을 맡은

자 또한 나라일을 참되고 바르게 닦지 않으면
환患이 미친다는 것이 사실일지어다.

이하영   황공하옵니다.

폐하   옛날 성인들도 길을 잘 닦아서 공자니 석가니
예수니 하는 인생의 대 교사들이 다 이렇게 옳
고 바른 길을 닦아온 것이야.

민영기   황공하옵니다.

폐하   오다 가다 자기의 잘못을 깨닫지 못하므로 화
가 난다든가, 애가 탄다든가, 원망을 한다든
가, 이런 심정은 역시 자기의 죄를 깨닫지 못
하는 허물이라고 짐은 생각하노라.

이완용   황공하옵니다.

폐하   사람은 첫째, 모든 욕망을 버리고 오직 고요하
고 깨끗하고 조심하는 마음을 가지고 나라일
을 다스린다면, 우리나라에 빛이 되고 거울이
되련만……. (한숨 쉬시고) 짐도 역시 뉘우치노
라. 몽매한 꿈 속에서 잠을 깨지 못하였으니
어찌 경 등을 원망할 수 있으랴.

일동   황공하옵니다.

폐하   짐은 믿노라. 천지는 몇천 번 뒤집혀도 인정만
은 변하지 않을 것을 짐은 믿노라.

이하영　황공하옵니다.

폐하　짐은 천지신명께 죄를 사하고 국가와 사회에 죄를 사하고, 또한 불쌍한 백성에게까지 죄를 사하노라.

일동　황공하옵니다.

폐하　그러나 조국을 잊지 않는다면, 조국의 종교와 예술과 공예와 문학만이라도 잘 보관해두어야 할 줄 아노라.

이완용　황공하옵니다.

하야시　(폐하 앞에 엎드려) 아뢰옵기 황송하오나, 경이 소원하옵는바 5개 조약을 맺으시라는 분부를 내려주옵시기 바라옵는 줄로 아뢰오.

폐하　(묵상)

하야시　폐하이시여, 시간은 자꾸 가옵니다. 이토 경은 하세가와 군사령관 관저에서 경에 통지 있음을 심히 기다리고 있는 중인 줄 아뢰오.

폐하　(묵상)

하야시　폐하이시어, 황공하오나 벌써 밤이 깊어가는 듯 하옵니다. 빨리 조약을 맺으시라고 분부를 내려주옵시기 바라옵는 줄 아뢰오.

폐하　지금이 몇 시인고?

박제순   초경 이경 삼경이 지난 듯 하옵니다.

폐하     인경은 몇 번이나 울었는가?

박제순   세 번째나 울었사옵니다.

폐하     아직도 달빛이 황성 옛터를 비추이는가?

박제순   (달을 바라본다.)

이근택   (달을 보고) 삼각산 머리 위에 조각달이 반 만 치 걸리어 있는 줄 아뢰오.

폐하     아직도 바람이 차고 매운가?

이근택   바람이 아직도 몹시 부는가 하옵니다.

폐하     오늘밤 장안에 잠을 편안히 자는 백성이 몇이 나 될꼬.

박제순   (목이 메여) 황공하옵니다.

폐하     달도 희고 눈도 희고 천지까지 흰 이밤에 나라 를 근심하고 우는 백성이 몇천 몇만일꼬. (눈물 을 약간 보인다.)

이근택   높으신 성덕을 받들어 모시오매 2천만 민초를 대신하와 감격에 목이 메이는 줄로 아뢰오.

폐하     짐 일찍이 눈물을 흘려본 적이 없거늘, 오늘 밤은 애타는 마음에 눈물이 서리고 있노라.

일동     황공하옵니다.

폐하     이조 5백 년 역사도 오늘이 마지막인가 하노라.

박제순　황공하여이다.

하야시　폐하이시여, 어찌 하오랍니까. 가부를 결정하
옵시와 대명을 내려주시옵기를 간절히 바라는
줄로 아뢰오.

—사이—

폐하　짐, 경 등에게 묻노니 대체 5개 조약이란 무엇
무엇인고?

하야시　(함에서 조약서를 꺼내어)
외무대신 각하께서 자세히 읽어 바쳐드리옵
소서.

박제순　(받는다.) 폐하이시여, 황공하오나 경이 마음
아픈 이 조약을 읽어 바쳐 올리겠사옵니다.

　조약

　일본국 정부와 및 한국정부는 두 나라를 결
합함에 이해공통의 주의를 확고하고 한국부강
의 실實을 인정할 때까지 이 목적을 가지고 아
래의 조약을 정함.

　제1조 일본국 정부는 재在동경 외무성 지령
에 의하여 금후 한국에 대한 관계 및 사무를

감리監理 지휘함에 있어 일본국 외교대표자
및 영사는 외국에 관한 한국 신민臣民의 이익
을 보호하기로 함.

제2조  일본 정부는 한국과 다른 나라 사이
에 현존한 조약실행을 이행함에 그 책임을 지
고, 한국정부는 금후로부터 일본국 정부에 문
의 없이 자유로 국제적 성질을 띤 것이나 또는
어떠한 조약 같은 것은 하지 못하기로 약정함.

제3조  일본국 정부는 기 대표자로 하여금
한국 황제폐하 궐하에 한 명의 통감統監(레지던
트 제네럴)을 두기로 함. 통감은 외교에 관한
사정을 관리하기 위하여 경성에 주재하고 친
히 한국 황제폐하께 내알內謁할 권리가 있음.
일본국 정부는 한국의 각 개항지 및 기타 일본
국 정부가 필요하다고 인정하는 곳에는 이사
관리事官(레지던트)을 두기로 하는데, 그 이사
관은 통감 지휘 하에 종래 한국에 있던 일본영
사에 속하였던 일체의 직권을 집행하고, 특별
히 본 조약을 완전히 실행함에 필요한 일체의
사무를 장리掌理하기로 함.

제4조 일본국과 한국 사이에 현존하는 조약

및 약속은 상호조약에 있어서나 조문에 저촉
이 없는 한 언제까지든지 그 효력을 계속하는
것으로 함.

제5조　일본국 정부는 한국 황실의 안녕과
존엄을 유지함에 이를 보증함. 위의 증거로써
다음 이름은 각 본국 정부에 상당한 위임을 받
고 본 조약에 기명 조인함.

메이지 38년 11월 17일 특명전권공사 하야시
곤스케

광무 9년 11월 17일 외부대신 박제순

(읽고, 황공하게 어전을 물러선다.)

**폐하**　알았노라. 그 내용을 알았노라.

**이완용**　폐하이시여, 기울어지는 국운을 바로잡지 못
하옵고 성려에 만분의 일을 보답치 못하옵는
소신들의 죄는 백 번 죽고 천 번 죽사와도 지
당하온 줄로 아뢰오.

**일동**　아뢰오.

**박제순**　폐하이시여, 주불공사 민영찬閔泳瓚이가 미국
국무장관을 만나보았으나 별 효과를 얻지 못
했다는 통신이 들어온 줄 아뢰오.

**폐하**　오호라. 이조 5백년사가 오늘이 마지막인가

하노라.

**일동**  황공하여이다. (울음에 느낀다.)

**하야시**  외람하온 말씀 같사오나 이렇게 밤이 깊어가오니 폐하께옵서 나라를 아끼시고 백성을 사랑하옵시는 마음으로 하루라도 더 괴로우심을 받지 마시옵고 속히 조인을 하라고 대명을 내려주시옵기 바라오.

**이완용**  하야시 공사시여, 폐하께옵서도 삼천 리 강토와 2천만 민초를 근심하옵시는 마음 크신가 생각이 드오니 과도히 재촉을 마시고 대명이 내리시옵기 기다리소서.

**하야시**  그러하오나 오래잖아 이토 공이 오시면 나 역시 대답할 말이 없으니 딱한 사정이 아니오이까.

**박제순**  나라를 근심하는 우리들의 딱한 사정도 관대히 살피시어 하야시 공사가 좀더 기다려주셔야지요.

**하야시**  크나큰 국가대업을 앞에 두고 이렇게 시간만 연장시킨다면 나로서 이토 공 앞에 대답할 말이 없잖습니까.

이토 히로부미伊藤博文 등장.

이토    (폐하 앞에 엎드려) 이토 히로부미로 아뢰오. (기립하여, 제신과 인사 후) 하야시 공사, 어찌 된 일이오? 아무리 소식을 기다려도 도무지 통지가 없으니 어찌 된 일이란 말이오?

하야시    죄송하나니다. 아직까지 폐하께옵서 분부가 아니 계시와 조약이 맺어지지 아니하여서 미처 통지를 못하였사옵니다.

이토    폐하이시여, 경은 일본국 정부에 중요한 임무를 걸머지고 나온 줄 아뢰옵니다. 우리 일본이 노국을 치기 전에 한국은 어떠한 비운에 빠져 있었사옵니까? 노국은 노국대로, 청국은 청국대로 으르렁거리고 서로서로 노리고 있지 않았습니까? 오늘날 한국이 우리 일본국 정부에 속하여 보호를 받으신다면, 첫째 나라에 환이 없을 것을 보증하옵고, 둘째로는 만민이 안락한 생활을 할 수 있잖습니까?

(제신을 바라보고)

우리 일본은 진실로 한국을 잘 지도할 것이오. 문명의 혜택을 받도록 할 것입니다.

폐하   일본국 정부는 진실로 한국을 잘 지도할 것인
      가?

이토   네.

폐하   한국으로 하여금 진실로 문명의 혜택을 받도
      록 할 것인가?

이토   네.

폐하   경 등은 어찌 생각하는고?

박제순  황공하오나 유구무언으로 아뢰오.

이토   폐하이시여, 일로 강화조약도 미국 대통령 루
      즈벨트가 나서서 맺어주셨습니다. 세계 만국
      은 벌써 우리 일본을 가장 크게, 가장 굳세게
      인정하고 있습니다. 서양에 유명한 학자가 말
      하기를, 동양을 지배할 나라는 일본밖에 없다
      고 말하였습니다. 한국이 우리 일본의 보호를
      받게 된다는 것은 오직 이 기회가 있을 뿐으로
      아뢰오.

폐하   경이 일본국을 대표하는 영걸英傑이라면, 한
      국은 경을 대변할 영걸이 없음을 한탄하노라.

이토   황공하옵니다.

폐하   내 것을 내가 사랑하고 내 것을 내가 가꾸는것
      은 군신일체의 마음이련만, 어시호於是乎…….

때는 늦었도다. 국운은 기울고 말았어.

이토     폐하이시여, 황공하온 말씀이오나 한국으로서 위선 시급한 문제도 많을 뿐 아니라 할 일이 많다고 생각이 드옵니다.

폐하     경은 내 나라 일을 과히 근심 말지어다.

이토     그러하오나 벌써 일본의 군벌이 물밀 듯 들어오고 있지 않습니까? 보병이 3천, 포병이 2백, 해군이 8백, 기병이 5백, 헌병이 5백 그리고 인천에는 군함이 세 척이나 들어와 있는 줄 아뢰오.

폐하     대단히 놀라운 일이로군.

이토     바라옵건대 폐하이시여, 삼천 리 강산에 대포소리나 총소리가 아니 나게 하여주옵소서.

폐하     일본이 우리나라에 탄압적 수단을 쓰고 이렇게 위협을 한다면, 삼천 리 강산이 모조리 무너지고 2천만 민초가 죄다 죽어도 죽을 때까지 싸울 것이야.

이토     폐하이시여, 죄 없는 백성들이 붉은 피를 흘리고 쓰러지고 넘어져 시산혈하尸山血河를 이룬다면, 그 무엇이 그렇게 기쁜 일이오리까.

폐하     슬프고 기쁜 것은 나중에 당해봐야 알 것이요.

지금은 오직 싸움이야 맨주먹만 들고라도 대
한 민족은 용감스럽게 잘 싸울 것이야. 천지라
도 두려워 뺄 것이야.

이토    폐하이시여, 마음을 고요히 진정하시어주시옵
소서. 경은 한국에 호의적 좋은 결과를 받자옵
고자 왔사옵니다. 결코 총질을 하거나 싸움을
청하러 온 바 아니오니, 이 마음과 뜻을 깊이
통촉하여주시옵기 바라옵니다.

이완용  공께서 감불생심敢不生心이지 황은皇恩이 높으
시고 성덕이 크신 줄 아시면서 외람스런 말씀
을 올리니, 폐하께옵서 잠시 노여우시어 말씀
을 하옵셨으니, 공도 잠깐 진정하시고 분부 나
리옵시기를 기다리고 계시오.

이토    폐하이시여, 어전회의에 헌신하옵는 몸으로
망령되이 경솔함이 많았사오니 십분 용서하여
주옵시기 삼가 바라옵니다.

폐하    (묵상)

이토    폐하이시여, 우리 일본은 공명정대하온 입장
에서 한국을 보호하옵고 대한 민족을 지극히
사랑하올 것은 사실이옵니다. 뿐만 아니오라,
시정방침을 철저히 고치옵고 문화를 이땅에

보급시킬 뿐만 아니오라 민지民智도 계발시켜
야 하옵고 산업을 융성케 하옵고자 하오니, 이
조약을 정당히 생각하옵시와 좋은 분부를 내
려주옵시기 바라옵나이다.

폐하     (묵상)


제 신하 정숙히 고개 숙이고 분부만 기다린다.


이토     폐하이시여, 근본적 대한정책을 결행하옵에는
오직 이 기회가 있다고 생각이 드옵니다. 황공
하오나 속히 분부를 나리시와 천하 만민이 평
안하도록 성덕을 베풀어주시옵고 나라도 하루
바삐 부富해나가도록 하여주시옵소서.

이완용     천하만민을 위하시와 높으신 성덕을 나려주옵
소서.

폐하     경은 짐에게 5개 조약을 맺으란 말인가?

이완용     황공하옵니다. (고개 숙인다.)

폐하     (이근택을 보고) 경의 의향은 어떠한가?

이근택     애통하옵는 마음 금할 길 바이 없사옵니다.

폐하     (박제순을 향하여) 경의 의향은 어떠한가?

박제순     천하를 잃는 것 같사옵고 마음은 허물어져 갈

피를 찾을 길 바이 없는 줄 아뢰옵니다.

**폐하**  (이하영을 보옵시고) 경의 마음은?

**이하영**  하늘이 무너지고 땅이 꺼지는 듯하와 전신이 떨리옵고 제 정신을 가다듬을 수가 없는 줄 아뢰옵니다.

**폐하**  (민영기를 보시고) 경은?

**민영기**  황공하온 말씀 같사오나 삼천 리 강토를 빼앗기는 것만 같사옵고, 2천만 민초가 쇠사슬에 묶이는 것만 같사옵니다.

**폐하**  경이 과연 짐의 마음을 맞췄도다.

**민영기**  황공하옵니다.

**폐하**  이 일을 어찌 할꼬. 이 일을 어찌 할꼬. 그렇다고 죄 없는 백성으로 하여금 피를 흘리게 할 수도 없고, 피를 아니 흘리자니 4천 년 역사가 파묻히고 말 것이니, 이 일을 어찌 할꼬, 이 일을 어찌 할꼬.

**일동**  황공하옵니다.

**이완용**  폐하이시여. 뒷일은 염려 마시옵고 조약을 맺으시라고 분부를 내려주시옵소서.

**폐하**  모르겠노라. 짐은 모르겠노라. 경 등이 처리하라.

폐하께옵서 듣기에도 슬픈 아악雅樂소리와 함께 등하登下
하옵시어 궐하로 듭신다.


이토　　자, 외무대신 각하. 분부가 나리시었으니 어서
　　　　조인을 하십시오.

하야시　분부가 나리셨으니 어서 빨리 조인하시지요.

박제순　폐하의 분부를 받들어 모시옵고 대한제국을
　　　　대표하와 조약을 하겠사옵니다.

　　　　(조인을 하려다가, 제신을 향하여) 공들께서는 아
　　　　무 이의가 없으시겠소?

일동　　(고개 숙이고 답 무)

이완용　대답이 없을 적엔 물론 이의가 없다는 말씀이
　　　　니, 어서 조인을 하십시오.

박제순　(조약서에 조인.)

이토　　(만족한 빛을 띠며) 하야시 공사, 지금 몇 시요?

하야시　(문서를 함에 집어넣어 들며) 한 시 반입니다.

이토　　밤이 매우 깊었구려.

하야시　빨리 어전을 물러가시지요.

이토　　(제군을 향하여) 공들께 사과는 다음날 하겠사
　　　　오니 오늘밤은 이만 실례하옵니다. (퇴장)

하야시　여러분, 각하께 고마우신 인사는 다음날 따로

하겠습니다. 안녕히 주무십시오. (퇴장)

하수下手에서 도끼 들고 법부주사 안병찬 등장.

**안병찬**  (내성) 놓아라. 나를 붙드는 놈이 누구냐? 일본 헌병이라구? 너는 나를 붙들 아무 권리도 갖지 못했다. 놓아라! 놓아라. (단숨에 뛰어들어와 엎드러진다.) 폐하이시여, 폐하이시여! 원통하옵고 절통하옵니다. 뭣 때문에 4천 년 역사를 일본놈에게 맡기시고 삼천 리 강토를 그놈들에게 내주시옵니까? 장안에 백성들은 고사하옵고 삼천 리 방방곡곡에 백성들은 잠을 안 자고 눈에 불을 켜고 오늘밤 이 소식을 기다리고 있사옵니다. 지금 저 울음소리를 못 들으십니까? 하늘에 사무치고 땅에 사무친 울음소리가 모두 백성들의 울음소리입니다. 폐하이시여, 황공하온 말씀이오나 오늘 밤 그 조약을 파기해주시옵소서. 이것은 삼천 리 강산이 바라는 마음이요, 2천만 민초의 소원이로소이다. 만일 폐하께옵서 그 조약을 파기 안하옵신다면, 소신은 2천만 민초를 대신하와 이 도끼로 제

목을 찍어 죽겠사옵니다. 나라를 잃고 살면 뭣
을 하겠습니까?

상수上手에서 들어오는 조병세 큰 돌을 들었다.

조병세 폐하이시여, 이것이 웬일이옵니까. 하늘이 무
너져도 솟아날 구멍이 있고 땅이 꺼져도 살아
날 길이 있사옵거늘 옥야 삼천 리를 뭣 때문에
그놈들에게 내주십니까? 이 나라에 이렇게도
충신열사가 없습니까? 원통하옵니다. 절통하
옵니다.

안병찬 (이완용을 보고) 이놈아, 나라를 팔고 백성을 팔
아 벼슬이나 얻어 하면 너 혼자만 잘살 줄 아
니?

조병세 이놈들아, 이 역적놈들. 불한당떼들. 너희들이
조정을 맡아 정사를 다스리는 신하라고 말을
하겠니.

안병찬 정치보다도 국가보다도 벼슬이 그렇게 욕심이
나더냐.

조병세 이 더러운 개만도 못한 놈들아. 너희들이 정말
충신이면 이토를 왜 살려 보냈니.

안병찬    그놈을 칼로 퍽 찔러 죽이고 너희들도 더운 피
         를 왜 흘리지 못했니.

조병세    거죽만 번들하면 벼슬이 높은 줄 아니. 오늘
         부터 관복을 벗어놓고 어서 나가 개죽음이나
         해라.

안병찬    이놈들아, 너희들이 나라일을 맡아보니 나라
         가 바로잡힐 것이 뭐냐.

조병세    이완용이 이놈아. 네 입에서 어서 빨리 조인을
         하라구?

안병찬    삼천 리 강토를 그렇게 빨리 쉽게 일본놈 아가
         리에 들이밀고 싶더냐.

조병세    어느 나라를 물론하고 백성이 없는 나라는 없
         을 것이다. 민의를 저버리고 사욕만 채우는 기
         름진 배창을 칼로 째구 죽어라.

안병찬    죽어라, 어서 죽어라. (호령대성)

조병세    이 개만도 못한 이완용아. 너희 집은 벌써 불
         을 질러 화광이 충천했다.

안병찬    왜 놀라니. 네가 이놈아, 온전히 갈 줄 아니?

조병세    폐하이시여, 원통하옵고 절통하옵니다. 소신
         은 이 자리에서 이 돌로 소신의 머리를 짓찧어
         죽겠사옵니다. 아이구, 원통해라. 아이구, 원

통해라. (가슴을 친다.)

**안병찬**  원로 조병세 대감, 이것이 웬일입니까? (운다.)

**조병세**  법부주사 안병찬이, 천지가 뒤집혀도 이런 일이 있을 줄이야 몰랐소이다 그려.

**안병찬**  아이구, 원통해 어찌 삽니까.

**조병세**  우리는 죽읍시다, 죽어요. 2천만 동포가 불쌍해 어찌 산단 말이오.

**안병찬**  폐하이시여, 이 울음은 삼천 리 강산이 우는 울음이요, 2천만 동포의 눈물인 줄 알아주소서. 아이구, 아이구. (엉엉 통곡한다.)

**조병세**  아이구, 아이구. (운다.)


(울음소리 처량하게 계속되며)

첫 막이 말없이 고요히 내린다.



—1막 끝—

# 제2막

## 나오는 인물

안중근 어머니 53세
안중근 28세
며느리 29세
등에 업는 아기 (중근의 아들) 3세
정근定根 25세
공근恭根 23세
중근의 아들 7세
동리洞里집 여인네 21세
집난이 어머니 20세
삼흥학교 교원 30세

# 제 2 막

세월도 빨리 흘러 첫 막에서 벌써 멀리 해를 격隔했다.

3년 후, 진남포 안중근 살던 집.

무대면面 이른 봄이다.

진흙으로 쌓은 토담이 하수로 빙 둘러싸고 대문이 그리 크지도 작지도 않게 달렸다. 평안도 특수의 부엌이 상수 비스듬히 달리고 안방이 그냥 열고 닫는 문으로 달리고, 건넌방도 약간 되가 있지만 어머니 계신 방이라 좀 큼직하고 보기 좋게 놓이고, 마당에는 곡식더미가 두어 섬 쌓였다. 보기에 그다지 깨끗하지 못한 집이다.

막이 열리면, 연로하신 안중근 어머니가 빨래를 넌다. 며느리가 아기를 업고 물동이를 이고 들어온다.

며느리    어머나, 입때 빨래를 너세요?

어머니    오냐, 지금 오니?

며느리    아이구, 샘터에 어떻게 사람이 많은지. (물동이 이고 부엌으로 들어간다.)


며느리 다시 물동이 이고 나온다.


어머니    아기 울지 않았니?

며느리    젖만 먹으면 자는걸요.

어머니    샘터엔 웬 사람이 그렇게 많더냐.

며느리    모두 물 긷는 사람이지요.

어머니    저녁때가 되니까.

며느리    글쎄 어떻게 물을 많이 퍼냈는지 츠렁츠렁 고였던 물이 거의 다 마를 지경이에요.

어머니    이젠 그만두고 저녁 지으렴.

며느리    아이구, 그래도 한 동이만 더 이어와야겠어요.

어머니    저녁이나 지어 먹으면 그만이지.

며느리    어린 아기 기저귀는 무얼로 빨고요.

어머니    그럼 얼핏 가서 한 동이만 더 이어오렴.

며느리    네. (나가다가) 애아범 아직 들어오지 않았어요?

어머니    모르겠다. 입때 안 들어오니 어딜 갔는지.

며느리    (물동이 인 채 하수로 퇴장)


여자    (들어오며) 아이구. 무얼 그렇게 하십니까?

어머니    빨래를 좀 넙니다.

여자    부지런도 하시지.

어머니    여자로서 이런 일 하는 것은 타고난 직분이라우.

여자    이제는 편안히 앉아 계셔도 좋잖아요. 아들에 며느님에 손자까지 보시구.

어머니    그래도 어떻게 가만히 앉아서 놀고 먹을 수야 있소.

여자    우리같이 젊은 년들두 핀둥핀둥 놀구 살아가는데 노인네가 무얼 그렇게 저물도록 일만 하시우?

어머니    오륙이 성하구야 어떻게 가만히 놀구 앉았소. 아들 며느리 보기가 미안하지요.

여자    원 별 말씀을 다 하세요. 가만히 앉아서 지어다 드리는 진지나 잡숫구 속 편하게 앉아 계시지.

어머니    나는 죽는 날까지 일하는 것이 타고난 직분인 줄 아우.

여자    아이구, 참 부지런두 하시우. 어쩌면 그렇게 성질이 고결하신지.

어머니    참, 우리 애 못 봤소?

여자    누구 말씀이에요?

어머니    중근이 말이오.

여자    맏아드님은 못 봤어도 둘째 아드님은 아까 장거리로 지나더군요.

어머니    장거리로 지나요? 어디를 갔을까?

여자    예배당으로 갔겠지요.

어머니    예배당은 뭣 하러요?

여자    아니구, 이 할머닌 아직 밤중일세.

어머니    왜 무슨 좋은 소식이 있소?

여자    왜 서울에 유명하신 이가 내려오셔서 연설을 한다구 온통 어른아이 할 거 없이 몰려들 가던데요.

어머니    네, 그럼 아마 우리 애들도 거길 갔나보구려.

여자    아주 연설을 놀랍게 잘 하시는 어른이래요.

어머니    서울서 일부러 내려오셨답디까?

여자    모두들 말을 하는데, 그이는 아주 유명한 이래요.

아이구, 성이 뭐라더라. 오, 참 안가라나요.

어머니    안씨요? 안씨면 우리와 같은 성이구려.

여자　　　아이구, 이름이 뭐라더라. 원 요놈의 정신 좀 봐.
　　　　　입에서 뺑뺑 돌구 안 나오는데.

집난모　　(하수에서 들어오며) 안녕하시우?

어머니　　어여 오시우, 집난이 어머니. 웬일이오?

집난모　　지나는 길에 잠깐 들렀습지요.

여자　　　참, 저 오늘 예배당에 오셔서 연설하는 이가
　　　　　뭐랬지?

집난모　　모두들 안가라고 헙디다.

여자　　　아니, 이름 말이오.

집난모　　아이구, 이름이 뭐라드라. 요놈의 정신 좀 봐.
　　　　　입에서 뺑뺑 돌구 안 나오네.

여자　　　까마귀 고기를 먹었소?

집난모　　당신은 왜 잊어먹었소?

여자　　　나두 아마 까마귀 고기를 먹었나봐요.

집난모　　참, 안창 뭐라구 하드라.

여자　　　그래 그래, 맞았어요. 안창훈이라든가.

집난모　　훈이라 아니라 안창모라지.

여자　　　모는 아니에요.

집난모　　훈이두 아니에요.

여자　　　오라, 참. 안창욱이지.

집난모　　욱이두 아니에요.

여자  (제 가슴 치며) 아이구, 답답해. 요렇게 정신이
    아둔하다구.

집난모  오, 참 안창묵이에요, 묵이.

여자  묵이 무슨 묵이란 말이요.

집난모  아이구, 목구멍에서 나올 듯 나올 듯 하구 안
    나오는구려.

여자  참, 그이는 유명하다지요?

집난모  일본놈들을 우리나라에서 못 살게 내쫓을 운
    동을 하는 이래요.

여자  그리구 무슨 회, 아이구 무슨 회라더라. 아주
    거기서 제일 높은 사람이래요.

집난모  아이구, 나라일을 많이 하는 이라구 모두들 그
    래요.

여자  입에 침이 마르도록 칭찬들을 하는데.

집난모  이제 두고 보우. 그런 이가 큰일을 할 테니.

여자  하구 말구요.

집난모  말이 났으니 말이지. 정말 일본놈 등살에 못
    살겠습디다.

여자  사는 게 다 뭐요. 내는 건 왜 그렇게 많은지.

집난모  오늘두 청결 안 한다구 부지깽이가 오더니 따
    귀를 벽력같이 갈기는구려.

여자  부지깽이가 뭐요?

집난모  이렇게 답답하다군. 칼치!

여자  갈치라니?

집난모  순검 나으리.

여자  참 그 자식들 보기 싫어 죽겠어. 툭하면 요보, 요보.

집난모  요보 요보가 제 신주님인지, 조상의 이름같이 부르는구려.

여자  숫제 일본말이나 하지.

집난모  말도 모르는 것이 요 모양에 조선말 한답시구.

여자  아이구. 그 껄떡대는 꼴은 구역이 나서 볼 수가 없지.

집난모  어저께는 장거리엘 나갔더니 되지 못한 일본 녀석이 내 손목을 잡으며, 요보 어머니, 요보 어머니, 이러질 않아요.

여자  그 자식 뺨싸대길 후려갈기지.

집난모  그래서 나는 온돌방이요, 너는 다다미방이니 일이 없소마셍이다 그랬지.

여자  그거 한번 말 잘했소.

집난모  그랬더니 이 자식이 숫기 좋게 싱글벙글 웃으면서 막 따라오겠나.

여자　　그래서.

집난모　코라파가칙소 했더니, 요보 어머니 욕이나 하지 마시오 하고 달아나요.

여자　　그 자식들이 죄다 달아났으면 오죽이나 마음이 편하겠소.

집난모　내 말이 그말이오.

어머니　그놈들이 왜 가겠소. 우리는 버젓이 우리 땅을 가지고도 마음대로 못 사는 세상에.

집난모　옳으신 말씀이에요.

여자　　배 주고 배속 빌어먹는 셈이지 뭐요.

집난모　수박으로 치면 거죽 핥는 격이지요.

여자　　속 알맹인 그놈들이 죄다 빼서 먹는 것을.

집난모　글쎄 사람을 옴치고 뛰질 못하게 하는구려.

여자　　아주 알깍쟁이야.

집난모　전깍쟁이지 알깍쟁인 뭐요?

여자　　염치 없구, 간사하구, 독하구, 매웁고.

집난모　아주 전찰재리들인데.

여자　　나는 고 나막신발이 제일 듣기 싫어. 뭐, 어머니 고로케 하면은 아니되무니다. 아이구, 급살 맞을 녀석아. 내 속으로 욕하지.

어머니　그래두 사람에게 제일 귀한 것이 의기랍니다.

사람에게 높고 낮은 계급이야 어디 있겠소만.
사람은 누구나 다 의기 앞에는 머리를 숙이고
굽힌답니다. 일본 사람들이 우리를 업신여기
거나 천대하는 것도 역시 의기랍니다. 저희는
일등국민이라구 우리 앞에 의기를 꺾이지 않
으려구요.

여자    옳으신 말씀이에요. 우리들두 그네들을 괄세
하고는 못 살아가겠던데요.

집난모    순검이 있구 수비대가 있구 헌병보조원이 있
어서 어디 마음 놓고 기침 한번 하게요?

어머니    그러기에 우리는 나라 없는 불쌍한 사람들이
니, 서로 의지하구 살아야지요.

여자    참, 이 정신 좀 봐. 그만 이야기에 정신이 팔려서.

집난모    왜 그러우? 뭘 잊어버렸소?

여자    내일이 우리 큰 애기 시집가는 날이에요.

집난모    아주 좋은 날로 택일을 했구려.

여자    뭐, 변변히 차리는 것은 없지만 도무지 절차두
잘 모르겠군요. 그래서 할머니를 모시러 왔습
지요.

어머니    혼인잔치 하는데 절차가 무슨 절차요.

여자    그래두 진사님 댁에서 오셔야 잘 아신다구, 꼭

모시구 오라는데요.

어머니　글쎄요.

여자　　있다 저물게라도 꼭 좀 오세요.

어머니　글쎄요.

여자　　아이구, 꼭 좀 오세요, 할머니.

어머니　있다 봐서 넘어가리다.

여자　　집난이 어머닌 안 가시려우?

집난모　왜 나두 가야지요. 내일 갈게, 떡이나 좀 두둑
　　　　하게 주우.

여자　　네! 오셔요. 할머니, 넘어갑니다. (퇴장)

집난모　할머니, 안녕히 계세요. (퇴장)

어머니　네, 편안히들 가십시다. (빨래를 개어 발로 밟을
　　　　준비)


하수에서 삼흥학교 교원 등장.


교원　　계십니까?

어머니　(반기며) 아이구, 선생님 오십니까?

교원　　그동안 기운 안녕하셨습니까?

어머니　네, 염려해주신 덕분에 잘 있습니다.
　　　　이리 좀 올라오시지요.

교원　자제분은 어디 가셨습니까?

어머니　네, 아침에 나가서 입때 안 들어왔습니다.

교원　입때 탄광엘 다니시나요?

어머니　아니오. 벌써 그만두었답니다.

교원　참, 벌써 한번 찾아 뵈옵는다는 것이 늦어서
　　　죄송합니다.

어머니　천만에요.

교원　진사님께서 돌아가신 지도 벌써 한 2년 되실
　　　걸요.

어머니　그저께 3년상을 마쳤답니다.

교원　네, 그러세요. 도무지 몰랐습니다. 그 어른께
　　　서는 참 훌륭한 일을 많이 하셨습니다.

어머니　뭘요. 오히려 부끄럽습니다.

교원　댁 자제분의 미지美志로 우리 삼흥학교도 나
　　　날이 번창해갑니다.

어머니　학교가 번창한다는 것은 매우 고마운 말씀입
　　　니다.

교원　될 수 있는 대로 많은 인재를 양성하고 의기를
　　　꺾이지 않도록 교육에 힘쓰겠습니다.

어머니　고마우신 말씀입니다.

교원　댁 자제분도 아마 의기에는 누구 앞에도 굽히

지 않을 것입니다. 의병으로 떳떳한 일을 많이 하고 일본놈 탄압에 눌려 결국 그나마 그만두지 않았습니까?

어머니 　그저 미거한 자식 하나가 끝끝내 어미 속을 태운답니다.

교원 　어머니께서는 그것을 낙으로 아셔야 됩니다.

어머니 　그럴까요?

교원 　그렇습니다. 댁 자제분은 어쨌든 훌륭합니다. 세상에 무서워하는 것이 없으니까요.

어머니 　그애는 언제든지 의를 위해서는 기쁘게 힘있게 뛰어나가 죽는다고 합니다.

교원 　역사를 보아도 그러한 의인이 많은 나라라야 그 나라 백성은 더한층 존귀한 백성이 된답니다. 세계인류에게 존경을 받을 것이요. 또 의를 위하여 죽는 것이 마땅하지요.

어머니 　의기란 반드시 목숨을 버리는 큰일에만 나타나는 것이 아니겠지요.

교원 　네, 물론입니다. 날마다 일어나는 조그마한 일에도 나타나는 그 의가 진정한 의요, 참된 의기일 것입니다. 혼자 방안에 앉아서 게으른 생각이 날 때에도 나를 깨우치는 것이 의기요,

마음 속에 좋지 않은 생각이 일어날 때도 엄숙
한 자기 인격을 찾아내는 것이 의기랍니다.

어머니    자기의 온 마음에 천하를 다스리게 하는 것이
즉 의기겠습지요.

교원    그렇습니다. 참 시간이 바쁜데 길게 말씀드려
죄송합니다. 자제분이 들어오거든 내일 오전
중에 꼭 학교로 들르라고 말씀 좀 해주십시오.

어머니    학교로 들르라구요.

교원    변변치 못합니다만, 이번 기회를 이용하여 댁
자제분의 의기를 표창하게 되었습니다.

어머니    뭐 변변히 한 일도 없이.

교원    학교 전체가 들고 일어난 일입니다.

어머니    그럼 그대로 말을 전하겠습니다.

교원    안녕히 계십시오.

어머니    안녕히 가시우.

교원    (하수 퇴장)

어머니    (다시 가서 빨래를 밟는다.)


중근아들 들어온다.


아들    할머니.

어머니   왜?

아들   아버지 입때 안 들어왔소?

어머니   응.

아들   나…… 돈.

어머니   돈은 해 뭣 허게?

아들   할머니, 나 군밤.

어머니   군것질을 하면 못 써.

아들   나 한 돈만 줘.

어머니   너 오늘 공부 안 했지.

아들   아침에 조금 읽었어.

어머니   군밤 사줄게, 공부하련?

아들   응.

어머니   그럼 들어가 열 번만 읽구 나와.

아들   열 번 읽으면 군밤 사주우?

어머니   그럼.

아들   거짓말하려구.

어머니   할머니두 거짓말하나?

아들   그럼 내 들어가 읽을게.

어머니   그래, 집안이 쩡쩡 울리게 잘 읽어라.

아들   네. (건넌방으로 들어간다.)

       (읽는다.) 하늘천 따지 검을현 누를황 집우 집

주 넓을홍 거칠황 날일 달월 촬영 기울측 별진
잘숙 벌렬 베풀장……

| | |
|---|---|
| **며느리** | (물동이 이고 들어온다.) |
| | 어머니, 입때 안 들어왔어요? |
| **어머니** | 입때 안 들어왔다. |
| **며느리** | (부엌으로 들어간다.) |

하수에서 정근, 공근 들어온다.

| | |
|---|---|
| **어머니** | 지금들 오니? |
| **안정근** | 네. (올라간다.) |
| **어머니** | 어디들 갔다 오니? |
| **안공근** | 어머니, (마루에 앉으며) 오늘은 참 훌륭한 말씀을 많이 듣고 왔어요. |
| **어머니** | 어디서? |
| **안정근** | 저 예배당에서요. |
| **어머니** | 뭐 안선생님이신가 누구신가 서울서 오신 양반? |
| **안정근** | 네. |
| **안공근** | 나같이 젊은 사람들은 죄다 울었답니다. |

안정근    어머니, 나라 없는 민족같이 불쌍한 사람이 세
상에는 없다구요.

안공근    세계민족 중에 우리 조선사람같이 불행하구
불쌍한 민족이 없다구요.

어머니    옳으신 말씀이지.

안정근    조선의 젊은이들은 뭣 하러 사느냐고 물어보
시겠지요.

어머니    그래, 대답하는 사람들이 더러 있더냐?

안공근    있기는 누가 있어요. 누가 그 대답을 한단 말
씀이오.

안정근    그래, 형님이 엉엉 우시며 그 선생님의 손을
잡고, 선생님 저를 완전한 사람을 만들어주십
시오 하고 매달렸다우.

안공근    정말이지, 그 선생님의 말씀과 같이 조선 사람
중에는 완전한 사람이 하나두 없어요.

안정근    그렇다. 내가 나 하나를 완전히 만드는 것은
나라를 위하여 민족을 위하여 가장 큰 사업이
되는 것이다.

안공근    조선 사람은 왜 서로 미워하구, 시기하구, 교
만하구, 다투구, 능멸이 엮이는지요?

안정근    완전한 사람이라야 남을 위하여 살 줄 알고 나

라를 위하여 죽을 줄 안다.

어머니  세상에 대장부로 태어났으면 나라를 위하구 민족을 위하여 목숨을 바치는 것이 떳떳한 죽음이다.

안정근  어머니, 저희는 산 것 같지가 않아요.

안공근  사나이 자식으로 태어나서 하는 일이 무엇입니까.

안정근  선생님께서는 부르짖었다. 아, 사람아. 그 중에도 젊은 형제들아, 자매들아. 우리들이 70평생을 이 세상에 살아가는 동안에 하는 일이 뭣이요, 해놓은 일이 뭣인가? 나너 할 것 없이 한 번은 다 같이 죽어버릴 이 목숨을 가지고 가장 귀하고 값있게 바칠 줄을 왜 모르느냐고 부르짖었다.

안공근  형님은 이 말씀을 듣고 의분에 끓는 마음으로 주먹을 번쩍 들고 연단에 올라서서 눈물을 좍 흘리고 말씀하였습니다.

어머니  네 형이? 고마워라. 뭐라구 말을 하던?

안공근  내가 할 일은 꼭 한 가지밖에 없다고요. (연설하는 흉내)

그것은 내 목숨을 나라와 민족과 동포를 구

제하기에 바치겠다구요. 형님은 부르짖었습
니다.

안정근  안선생님보다도 박수는 형님이 더 받았어요.

안공근  그래서 안선생님이 형님을 붙들고 우시면서,
우리 조선에도 이렇게 훌륭한 젊은이가 있는
것을 처음 보았다구…….

안정근  그래 형님은 안선생님과 같이 가셨어요.

어머니  아마 선생님이 형을 퍽 귀엽게 보셨나보다.


어느 사이엔가 나와 듣고 있던 중근의 아내.


며느리  아주버니, 형님께서 선생님을 모시고 가셨나
요?

안정근  네.


어느 사이에 나와 듣던 중근의 아들.


아들   우리 아버지가 그렇게 연설을 잘했어요?

안공근  응…….

아들   그래 아버지가 어디로 갔어요?

안정근  이제 오실 게다. 어서 들어가 공부해.

아들  네. (들어간다.)

안공근  형님, 안선생님 말씀이 맞아요. 1895년 일로개
전 당시에 일본 천황조서에도 분명히 우리 대
한을 독립시킨다고 했지요.

안정근  그래서 우리 대한 사람은 죄다 감격을 하고 일
본이 싸울 때 얼마나 도왔는데.

안공근  일본이 개선하던 날, 우리들은 만세를 부르고
춤을 추었지요.

안정근  우리나라가 이긴 것보다 더 기뻐했다.

안공근  그런데 오늘에 와서는 우리나라를 속국을 만
들고 2천만 동포를 철사로 묶어놓지 않았소?

안정근  분하다, 원통하다. 이토 통감統監을 갈아먹어
도 시원치 않다.

안공근  이토가 우리나라에 통감으로 부임을 해와서
1897년에 다시 7개 조약이 맺어지고 삼천 리
강토는 완전히 빼앗기게 되었다는구려.

안정근  생각하면 분하구 원통해 못 살겠다.

안공근  자고로 우리 대한은 호반을 키우기에 힘쓰지
않고 문관을 키우기에 힘쓴 나라지요.

안정근  우리나라는 문필로 세운 나라다.

안공근  4천 년 동안 문필로 세워온 나라입니까?

안정근    그렇다.

어머니    그렇다구 너무 조급히 서두르지 말구, 마음 너
         무 언짢게 가지지 말아라.

안정근    어머니, 저는 그만 넘어가겠어요.

어머니    왜 저녁이 다 됐는데, 좀 먹구 가렴.

안정근    집에 가보아야지요.

며느리    아주버니, 시장하실 텐데 진지 좀 잡숫고 가시
         지요.

안정근    괜찮습니다, 형수님.

안공근    형님, 왜 가시려우?

안정근    응……. 어머니, 안녕히 주무십시오.

어머니    오냐, 조심해 가거라.

며느리    아주버니, 안녕히 가세요.

안정근    네, 안녕히 계십시오.

안공근    형님, 내일 내 가리다.

안정근    오냐, 잘 있거라. (하퇴)

며느리    (부엌으로 들어간다.)

어머니    아, 배고프겠구나. 어서 올라오렴.

안공근    괜찮아요, 어머니.

어머니    그만 빨래 때문에 저녁이 좀 늦었다.

안공근    배고픈 줄도 모르겠어요.

어머니    네 형이 곱게 돌아올까?

안공근    그럼요. 무슨 일이 있을라구요.

어머니    원체 성미가 무서운 아이니까 걱정이 되는구나.

안공근    아무 염려 마세요.


  하수에서 등장하는 안중근이 약간 술이 취했다.


안중근    어머니.

어머니    지금 오니?

안중근    어머니, 용서하세요. 먹을 줄 모르는 술을 먹
         었더니 취했나봐요.

어머니    사내자식이란 가끔 가다 술도 좀 마셔야 한단다.

안중근    어머니, 저는 자꾸 죽고만 싶어요. 살 맘은 조
         금도 없습니다.

며느리    (어느 사이에 나왔다가) 어머님 앞에 왜 그런 말
         씀을 여쭤요? 가뜩이나 울적하게 혼자 계신데.

안중근    뭐야, 계집년이 건방지게 어데라구 나와 말참
         견이야? 들어가지 못해?

며느리    (어머니 눈치를 본다.)

어머니    (들어가라고 손짓.)

며느리    (부엌으로 들어간다.)

안중근  어머니, 참 서럽습니다, 서러워요. 어머니, 오늘은 웬일인지 돌아가신 할아버지 생각이 자꾸 나요.

안공근  형님, 들어가 좀 누우시지요.

안중근  공근아, 아버님 제사를 어느 날 모셨지?

안공근  그저께 모시지 않았어요

안중근  너두 울구 나두 울었지. 우리 삼 형제가 이땅에 아들로 태어났지. 나는 장자다, 맏아들이다. 맏아들 노릇을 해야 되겠다.

어머니  형은 형노릇을 해야 하구, 아우는 아우노릇을 해야 된단다.

안중근  어머니, 집안이 더 중합니까, 나라가 더 중합니까?

어머니  그야 물론 나라가 더 중하지.

안중근  남을 위해 삽니까, 나를 위해 삽니까?

어머니  남을 위해 사는 것이 남아의 의기다.

안중근  부모보다 자식보다 더 중한 것이 뭣입니까?

어머니  목숨이지. 생명이야.

안중근  아무리 목숨이 소중해도 값없이 죽으면 떳떳한 남아가 못되지요.

어머니  사람이 세상에 생겨나 한 번 죽지 두 번 죽겠니. 이왕 죽을 바에야 값있게 죽어야지.

안중근    어머니 저는 오늘 밤 떠납니다.

—효과 비곡悲曲—

어머니    떠나다니, 어디로?

안중근    어디라구 정한 곳이 있습니까.

안공근    내 형님 입에서 이런 말이 나올 줄 알았소. 형
         님은 이 지옥과 같은 여기서 사시지 못합니다.

안중근    나는 형이요, 너는 동생이다. 정근이는 딴 살
         림을 나갔으니 제 집안 식구들을 맡아야 옳고,
         너는 형 대신 아우노릇을 잘 해야 된다.

안공근    형님, 염려 마십시오.

안중근    불쌍하신 어머님.

어머니    (눈물 씻는다.)

안중근    내가 떠나면 형수도 불쌍한 사람이다.

며느리    (부엌문 뒤에서 눈물 씻는다.)


아들 나와 섰다.


아들      (나와서 아버지를 어렵게 보고 섰다.)

안중근    (아들을 가리키며) 저것도 불쌍한 자식이다. 애
         비 없는 자식이 될 테니 네가 맡아 잘 길러라.

어머니    그래, 정말 가니?

안중근    어머니, 마지막 가는 길입니다.

어머니    (눈물 씻고 건넌방으로 들어가 주머니를 가지고 나온다.)

며느리    (자꾸 느껴 운다.)

어머니    (주머니를 들고 나와 앉으신다.)

아들    (아버지를 쳐다보다가 앞에 가서 엎드리며)
아버지, 아버지. (운다.)

안중근    (머리를 쓰다듬으며 운다.)
오늘 공부 잘했니?

아들    (느끼며) 네, 네.

안중근    울면 못 써. 공부 잘했거든 어디 아버지 앞에서 외어봐.

아들    네……. (운다.)

안중근    어서.

아들    네.

안중근    어서 외어. 아버지 화나시면 종아리 맞는다.

아들    (울면서) 하늘천 따지 검을현 누를황……. (엎드려 운다.) 아버지……. (운다.)

안중근    (눈물 씻는다.)

어머니    중근아, 이게 모두 5백 냥이다. (주머니를 준다.)

안중근    (받으며) 어머니, 고맙습니다.

며느리    (은가락지를 들고 와서 어머니를 드린다.)

어머니    (받아서 아들 주며) 중근아, 아이에미가 너를 주
         나보다.

안중근    가락지는 왜 빼주우?

며느리    너무 섭섭해서 드립니다. 어린 것 생각이 나시
         거든 내 보세요.

안중근    고맙소.

어머니    중근아, 사람의 맘이란 혹은 돈에 혹은 물욕에
         사로잡히기 쉽지만, 너는 오직 의기를 위하여
         나서는 길이로구나.

안중근    어머니, 사람의 일생이란 전쟁입니다. 날마다
         싸워야 하고 시시각각으로 싸워야 합니다.

어머니    중근아, 열 번을 쓰러져도 낙망하지 말고, 불
         덩이 같고 바람 같은 의기를 더욱 분발해라.

안중근    어머니, 고맙습니다.

어머니    역사를 보거나, 소설을 보거나, 예로부터 의를
         위하여 싸운 사람은 모두 거룩한 피를 흘렸다.
         에미는 믿는다. 중근아, 너는 끝까지 나라를
         위하여 동포를 위하여 의인이 되어다우.

안중근    어머님의 말씀 일분 일초라도 잊지 않고 명심

하겠습니다.

어머니   중근아, 만일 우리나라가 열 사람의 의인이 없어 망했다고 하면, 이제부터 천 사람의 의인이 나선다면, 반드시 우리나라는 살릴 줄 믿는다.

안중근   어머니, 저는 꼭 한 말씀을 올립니다. 만일 불행하여 나라일을 못하고 동포를 위하여 죽지 못하면, 하다못해 물에 빠지는 어린애 하나라도 구하기에 목숨을 바치겠습니다.

어머니   장하다. 너는 과연 내 아들이다.

안중근   (아내를 보고) 여보, 나를 다시 만나려구 기다리지 마우. 다시 돌아오리라구 믿지를 마우.

며느리   네. (운다.)

안중근   (아들보고) 옥남아, 할머니 말씀 잘 듣고, 작은 아버지 말씀 잘 듣고, 어머니 말씀 잘 듣고, 공부 잘해.

아들   네. (운다.)

안공근   형님, 지금 가세요?

안중근   나는 오늘이 마지막이다. 조선을 떠난다.

어머님 품 속을 떠난다. (눈물)

(일어서 나간다.)

어머니   (우신다.)

안공근    형님. (눈물 좍 흐른다.)

어머니    중근아, 에미 말을 잊지 마라.

안중근    네.

어머니    주정꾼 판에 가서는 주정을 잘해야 이름이 나
         구, 도둑놈 판에 가면 도적질을 잘해야 이름이
         난다. 알겠니?

안중근    네, 어머님. 깊이 알아듣습니다.

아들      아버지.
         (가서 붙들고 운다.)

안중근    잘 있거라. 응…….

아들      아버지. (운다.)

안중근    공근아, 너두 젊은 놈이요, 나도 젊은 놈이다.
         우리는 나라를 위하여 값있게 죽자.
         (손을 잡는다.)

안공근    형님, 힘껏 일해주십시오. 이 아우는 빕니다.
         (꿇어앉는다.)


막은 고요히 내려온다.


—2막 끝—

# 제3막
## 나오는 인물

안중근 (블라디보스토크에 와서는 응칠應七) 31세
우덕순禹德淳 (연초煙草 행매상) 30
조도선曹道先 (세탁업 사공) 37세
유동하劉東夏 (의생醫生의 아들) 18세
유진율劉鎭律 (〈대동공보〉 사원) 35세
이강李剛 (〈대동공보〉 기자) 30세
중근부인 30세
옥남 9세

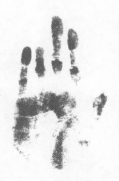

# 제 3 막

블라디보스토크.

신한촌新寒村 (비밀결사).


무대면  으슥하고 음산한 집이다.

무대 전면이 노국 풍에 젖은 낡은 양실洋室이다. 상·하수 및 중앙으로 출입을 하는데, 이 집에 이상한 것은 중앙문 위에 작은 들창이 있고 그 아래는 전등이 달렸다. 반드시 사람이 드나들 때면 전등이 한 서너 번 켜졌다 꺼졌다 한다.

나라를 잃고 망명한 이들, 나라를 찾으려고 만고의 풍상을 겪는 이들이다. 이들은 세탁업 혹은 연초행상 혹은 모 신문사 집금集金인 혹은 노국 사람의 고용살이 등등을 한다. 그러나 마음 속으로는 불같이 조국애에 타오르는 그 맘. 이러한 동지들은 한데 뭉치고 또 뭉쳐 사생을 동거한다.

안중근은 이름도 고쳐 안응칠이라고 부른다. 벌써 이곳에서 군자금을 모아 씩씩하고 용감한 대한 사람 군사 3백 명을 거느리고 안응칠 장군이 함북으로 일본군을 치러 나갔다. 남아 있는 동지들은 자나 깨나 근심중에 있다. 중앙에 원탁이 놓이고 의자가 한 다섯 개 놓였다. 상하수 벽 옆에는 소파가 놓여 사람이 능히 누울 수 있을 만큼 되었다. 상수 난간 앞에는 스토브가 놓였다.

개막.

비밀결사.

무대는 암흑! 라이트가 반사되면 맨 앞 교의에 우덕순과 조도선 두 사람이 커다란 태극에 혈서로 대한독립이라고 쓴 것을 들었다. 처음에는 태극만 보이고, 그 다음 우덕순이, 그 다음 조도선이 보인다. 불이 밝아진다.


우덕순　선생님, 걸어온 자취가 얼마나 큼직한가, 우리는 생각해봅시다.

조도선　과연 장하십니다. 범인이 아니오.

우덕순　(태극을 들고) 이것이 그때 열두 동지가 모여 앉아 손가락을 잘라 쓴 것이오. 대한독립, 대한독립.

조도선   네, 나도 말만 들었더니 지금 태극을 보니 어
        떻다고 형언조차 할 수 없는 감격에 눈물이 흐
        릅니다. (태극을 어루만져본다.)

우덕순   만이면 만 사람이 다 이러한 길을 걷기는 어려
        운 일입니다.

조도선   연꽃은 뿌리는 비록 썩은 흙 속에 파묻혀 있어
        도 꽃은 맑은 공기 속에서 향기를 늘 뿜고 있
        지 않습니까?

우덕순   우리 대한 사람은 옷은 흰 옷을 입고 뚫어진
        방 속에 들어앉아 빈대피로 묵화墨花를 친 그
        속에서도 위대하고 가장 사상이 높은 국가대
        업을 꿈꾸고 있습니다.

조도선   아라사(러시아) 농부 집에도 그림 한 폭, 화분
        몇 개, 기타 하나는 놓여 있습니다. 심지어 중
        국인 호떡집에도 노래하는 새 한 마리와 깡깡
        이는 놓여 있습니다. 우리는 아무 것도 없는
        빈 몸으로 하는 일이 뭣입니까?

우덕순   오직 나라를 위하는 마음, 나라를 찾는 마음.

조도선   뜻은 크고 마음은 있어도 이렇게 하기가 어렵
        습니다 그려.

우덕순   그러나 죽을 때까지 싸워야지요. '설마', '아

마', '요행히', '때가 오겠지' 하고 앉았으면, 이것은 허수아비 잠꼬댑니다.

조도선  우리나라에는 뜻이 같고 마음이 같은 동지들이 많지만 지금 우리나라 정세를 보면 어디 신청년의 교양인들 마음대로 시킬 수 있고 군대훈련조차 전력을 기울일 수 있소?

우덕순  어떻게 한단 말이오. 쇠사슬에 잔뜩 묶여 있는데, 어떻게 한단 말이오.

조도선  그러고 보니, 강태공이 곧은 낚시를 담그고 천하를 다스릴 꿈을 꾸는 격이지요.

우덕순  그러니까 우리나라에는 청년남녀들을 좋은 길로 인도하여 새 주인이 되게 하도록 힘쓸 수가 없구려.

조도선  한심한 일이요, 답답한 일이요.

우덕순  중국에 어떤 혁명가는 부르짖었습니다. 지금 우리나라는 근대세계 및 신문명을 이해시킴에 노력하지 않으면 안된다구요. 또 청년양성에 힘쓰지 아니 하면 중국은 결국 쓰러지고 넘어진다고 말하였습니다.

조도선  그렇습니다. 국가란 인민으로 되는 것인데, 국가적으로 단체적으로 인민의 힘이 부족하다면

천 번 만 번 혁명을 일으켜도 도저히 서지 못
할 것입니다.

우덕순  자고로 우리나라는 일심합력으로 대동단결이
되지 못하고 당파싸움이 많았기 때문에 오늘
날 이 지경이 되지 않았소.

조도선  옳으신 말씀이오. 우리 동포가 한 마음 한 뜻
으로 나간다면 무엇이 어렵고 무엇이 두렵겠
습니까.

우덕순  만일 일치단결이 되지 못한다면 아무리 머리
악을 쓰고 덤벼도 소용이 없소.


이때 노크 소리, 신호등이 번쩍 한다.


(우와 조, 신호등을 쳐다보고)

조도선  밖에 누가 온 모양이오.

우덕순  누가 왔을까?

조도선  가만히 계시오. (일어서 나간다. 들창문으로 내다
본다.)

(문 열어주다 우를 보고)

조도선  유동하가 왔소이다.

우덕순  네.

유동하   (급하게 좀 당황하며 들어온다.)

조도선   (눈치 보며 와서 앉는다.)

우덕순   (눈치를 이상히 본다.)

유동하   큰일 났습니다. 큰일 났어요.

우덕순   (눈이 휘둥그레) 왜요, 무슨 일이 생겼습니까?

유동하   오전에 우리가 소문을 들을 때에는 우리 군대
        가 경흥으로 쳐들어가 일본군을 격파하고 회
        령까지 갔다는 소문을 들었지요.

우덕순   네.

조도선   그것도 다 안선생의 힘이지요.

우덕순   (깜짝 놀라 일어서며) 뭣이요, 전멸?
        (주먹을 편다.)

조도선   선생은 어찌 되었을까요?

유동하   선생도 아마 죽었을 겁니다.

조도선   (동하의 멱살 붙들고) 뭣이요? 선생이 죽다니요.
        이게 정말이요?

우덕순   누구한테 이 소식을 들었소?

유동하   아라사 사람이요.

우덕순   아라사 사람.

유동하   장사를 하러 투면圖們까지 갔더래요.

우덕순   그래서?

유덕하    싸움통에 장사도 못하고 쫓겨왔다던데요.

조도선    그래 실제로 보았답디까?

유동하    한국인들이 말을 하는데 안중근의 군대가 전
          부 패해서 두만강 변두리에 송장이 산같이 쌓
          였다고들 말을 하더라는데요.

조도선    송장이 산같이 쌓였다구?

우덕순    아까운 군사 3백 명이 다 죽었나보구려. (엎드
          려 원통해 운다.)

조도선    언제쯤 투먼을 갔더랍디까?

유동하    투먼을 떠나온 지가 벌써 한 달이 넘는데요.

조도선    한 달이 넘어요?

우덕순    그럼 선생은 죽었구려.

조도선    아이구, 원통해라. 하나님. (주저앉아 운다.)


  밖에서 소리.


외성      (노크) 여보, 여보.

유동하    누가 왔나 보시우.

우덕순    또 누가 왔을까?


  신호등이 번쩍번쩍.

유동하    문을 열어주리까?

우덕순    글쎄요.

조도선    누가 왔나 보시우.

유동하    (층단 밟고 올라서서 내다보고)

         누군지 잘 모르는 사람인데요.

조도선    모르는 사람이오?

우덕순    대한 사람이오?

유동하    네.

우덕순    열어주시구려.

유동하    연다.


  유진율 들어선다.

  일동 긴장 한다.


유동하    (내려와 제 자리에 선다.)

유진율    (들어와 층대 위에 서서 한참 보다가 뚜벅뚜벅 내려

         온다.)

         여러분, 처음 뵙니다. 인사드리겠습니다.


  일동 묵묵히 섰다.

유진율   (우를 보고) 누구신지요? (수첩을 내어 적으며)

우덕순   우덕순입니다.

유진율   고향이 어디십니까?

우덕순   충청도 제천입니다.

유진율   언제쯤 이리로 들어오셨습니까?

우덕순   4년 전에 러시아 령으로 들어왔습니다.

유진율   지금 무엇을 하십니까?

우덕순   담배를 조금씩 팔러 다닙니다.

유진율   고향에는 누가 계시우?

우덕순   부모처자가 다 있습니다. 요즈음은 서울 동대
        문 안 양사養士골에 있습니다.

유진율   네. (조를 향하여) 실례입니다만, 노형은 누구
        신지요?

조도선   조도선이라고 부릅니다.

유진율   고향이 어디시우?

조도선   함경남도 홍원군 경포면입니다.

유진율   언제쯤 이곳에 오셨나요?

조도선   작년 음력 8월달에 하얼빈으로 들어왔습니다.

유진율   고향에는 누가 있소?

조도선   아버지 한 분이 계십니다.

유진율   부인은 안 계시우?

조도선  있습니다. 여기까지 온 것을 쫓아 보냈습니다.

유진율  무슨 이유로요?

조도선  남아가 처세하는 앞길에는 결코 여자가 있으면 안된다는 금언을 명심하기 때문에요.

유진율  네, 훌륭하십니다.

조도선  천만에요.

유진율  (유동하에게) 누구신지요?

유동하  유동하입니다.

유진율  무슨 유자입니까?

유동하  모금도 유자입니다.

유진율  네, 저하구 한 성이시군요.

유동하  네, 선생님도 유씨입니까?

유진율  네. 어디 사시나요?

유동하  포구라니차에 삽니다.

유진율  수이펀허綏紛河요. 댁에서는 무엇을 하는데요?

유동하  아버님께서 의생이십니다.

유진율  네, 저는 유진율이라고 합니다. 고향은 경기 이천입니다. 하얼빈에서 이리 온 지가 불과 일주일밖에 안됩니다. 마침 대동공보사에 친구 이강이를 만나서 신세를 지고 있습니다.

우덕순  네, 그럼 현재 그 신문사에 계십니까?

유진율  네, 사원으로 있습니다.

우덕순  아, 그러십니까.

유진율  참, 이군한테도 대강 말을 들었습니다만, 수고 많이들 하십니다.

조도선  천만에요.

유진율  여러 동무들이 이렇게 피땀을 흘려가며 분투 노력하시는데 삼가 머리를 숙여 경의를 표합 니다.

우덕순  오히려 부끄럽습니다.

유진율  (걸어놓은 혈서 쓴 태극을 보고) 저 태극은 누가 그렸습니까?

조도선  우리 선생님께서요.

유진율  이곳에서 우리나라 국기를 보니 감개무량합 니다.

우덕순  열두 동지가 모여서 손가락을 잘라 뜨거운 피 를 흘려 쓴 글씨입니다.

유진율  장하십니다. 대한독립 대한독립……. 그 속에 서 대한 혼이 살아서 벌렁벌렁 기어 나오는 것 같습니다.

유동하  천고에 드문 일이요, 만고에 드문 일이라고 생각합니다.

유진율   그 열두 동지는 지금 다 계신가요.

조도선   어디가요, 무얼 입고, 무얼 먹고 함께 살아갑니까. 뿔뿔이 헤어졌지요. 동으로, 남으로.

우덕순   서로, 북으로.

유동하   그 중에는 죽은 사람도 있답니다.

유진율   이것이 나라 잃은 민족의 설움입니다 그려.

우덕순   찾을 수도 없고 만날 길도 없고

조도선   그래도 모두 훌륭한 일을 할 겁니다.

유동하   선생님, 사람은 헤어져서도 마음이야 어디 가겠습니까. 저 태극 속에, 저 혈서 속에 사무치고 사무쳐 있습니다.

유진율   나도 바랍니다. 여러분과 같이 동지가 되겠습니다. 일을 같이 하십시다.

우덕순   고마우신 말씀이오.

유진율   육신이 찢어지도록 일을 하겠습니다. 뼈가 부서지도록 일을 하겠습니다.

조도선   힘을 합하고, 마음을 합하여 일합시다. (악수)

유진율   그런데 안선생은 아직 돌아오지 않았습니까?

조도선   네. 선생님 때문에 여간 근심이 아닙니다.

유동하   선생이 그만 패배를 당했답니다.

유진율    패배를 당했어요?

유동하    네.

유진율    경흥 방면에서는 놀라울 만치 승전을 하셨다
         던데요.

유동하    회령까지 가셨다가 그만 패전을 하신 모양입
         니다.

조도선    일본군이 원체 강했던 모양이지요.

우덕순    우리 군은 불과 3백밖에 안 되는데 일본군은 8
         백이나 넘었다니 아무리 일당백 하는 용기라
         도 당해내는 재주가 있었겠습니까.

유진율    그러면 안선생 일이 염려되지 않습니까.

우덕순    아무리 천명이라도 살아오지 못할 것 같습니다.

유동하    전멸을 당했다니까요.

유진율    전멸이라구요.

유동하    네, 너무 원통하고 분합니다.

우덕순    선생이 만일 전사를 하였다면 우리두 다 같이
         죽을 마음입니다.

조도선    죽어야지요. 살면 뭣을 하겠소.

유진율    만일 선생이 정말 돌아가셨다면 우리나라에
         큰 손실입니다.

유동하    우리는 누구를 믿고 일을 합니까. 누굴 믿고

살아요.

유진율   고향에는 누가 계신가요?

우덕순   어머니 한 분이 계시구 또 아우가 두 분 있다

지요.

유진율   부인은 안 계신가요?

조도선   왜요. 부인두 계시구, 아들이 형제에 딸이 하

나랍니다.

유동하   그렇지 않아도요, 전에 부인이 오신다고 편지

까지 왔습니다.

유진율   부인이 오신다구요?

조도선   네. 그렇지 않아도 부인이 오신다구 편지가 왔

는데요.

유진율   만일 부인이 오셨다간 큰일입니다 그려.


밖에서 노크. 신호등이 번쩍.


우덕순   누가 왔나봅니다.

조도선   누가 오셨을까?

우덕순   (동하보고) 나가보시지.

유동하   (문으로 간다. 내다본다.)

일동 의아하여 긴장한다.

유동하   (내다본다.)

　　　　(일동을 향해) 이형이 오십니다.

우덕순   이형이라니요?

유동하   〈대동공보〉 이형 말이오.

우덕순   네, 어서 문 열어드리시우.

유동하   (문 연다.)

이강　　(들어온다.)

우덕순   (반기며) 이형, 어서 오시우.

조도선   어서 오시우.

이강　　바쁜 것을 일부러 왔습니다.

유동하   회사에서 오는 길입니까?

이강　　네.

유진율   뭐, 별 일은 없었습니까?

이강　　(진율에게) 어디 갔나 했더니 여기 와 있었구려.

유진율   동지를 구하러 왔습니다.

이강　　좋은 동무들입니다. 사귀면 사귈수록 참 좋은
　　　　동무들입니다.

유진율   나도 오늘부터 이분들과 같이 목숨을 내어놓
　　　　고 싸울 작정입니다.

이강　　고마운 뜻이오. 그런데 안선생님 소식은 못 들
　　　　으셨소?

우덕순    못 들었습니까?

유동하    선생님은 돌아오시지 못할 것 같습니다.

이강    네? 선생님이 돌아오시지 못하다니요? 이게 무슨 말씀이세요?

유동하    오늘 아라사 사람한테 들으니 우리 군은 전멸 이라구 말을 하는군요.

이강    전멸이라구요?

유동하    네.

우덕순    선생이 무슨 재주로 살아오시겠습니까?

이강    큰일 났습니다. 부인이 찾아오셨는데요.

우덕순    네? 부인이 찾아오셔요?

이강    조그마한 아드님을 데리고 오셨던데요.

조도선    그러니 천 리 길도 아니요, 만 리 길도 아닌 이 곳을 어떻게 찾아오셨을까요?

이강    그야 애정은 만 리 밖에도 따르는 것이랍니다.

조도선    참 정성도 무던하십니다.

우덕순    좌우간 부인을 어디서 만나셨습니까?

이강    내가 신문사에 있자니까 한국 부인이 안중근 씨 계신 곳을 찾으신다기에 나가보니까 그 부 인이 오셨군요.

우덕순    그래 지금 어디 계십니까?

이강　　　밖에 계십니다. 모시고 왔습니다.

우덕순　　그럼 들어오시라고 하지요.

이강　　　글쎄요.

조도선　　선생님이 안 계시니 여북이나 서운하시려구.

유동하　　그렇지만 선생을 생각하더라도 어떻게 그냥
　　　　　가시게 한단 말이오.

우덕순　　사모님을 모셔야지요.

이강　　　들어오시라구 할까요?

조도선　　네, 어서 들어오시게 하십시오.

이강　　　(문 열고 나간다.)

조도선　　선생님이 안 계셔서 어떻게 한단 말이오?

유동하　　그래도 그짓말이야 할 수 있소.

우덕순　　사모님 앞에 사실대로 말씀을 다 해야지요.


이강　　　(부인 모시고 들어온다.)
　　　　　이리 들어오십시오.

며느리　　(옥남이 손을 붙들고 들어선다.)

이강　　　안선생님의 부인이십니다.

며느리　　안녕하십니까. (절)

우덕순　　사모님, 저희들은 안선생님을 모시고 있는 제
　　　　　자들입니다. (일동 절한다.)

며느리    고맙습니다. 고생 많이 하십니다.

조도선    그런데 어떻게 이 머나먼 길을 오셨습니까?

유동하    참 무던한 정성이십니다.

며느리    선생님은 안 계세요?

　(모두 대답 못한다.)

며느리    선생님은 어디 가셨어요?

　(모두 대답 못한다.)

며느리    옥남아, 아버지가 안 계신가 보다.

우덕순    애기가 선생님의 자제입니까?

며느리    네.

조도선    참 귀엽게도 생겼습니다.

유동하    꼭 선생님을 닮았구나.

유진율    아버지를 만나려구 이렇게 멀리 왔구나.

이강      어린 것이 오죽이나 아버지가 보고 싶었으면
　　　　　여기까지 왔겠소.

우덕순    사모님, 이리 좀 앉으시지요.

조도선    참, 이리 좀 앉으시지요.

유동하    좀 앉으시지요.

며느리    괜찮습니다.

아들      우리 아버지가 어디 갔어요? 아버지가 보고
　　　　　싶어 왔어요.

(일동 비참히 섰다.)

며느리    선생님이 어디 가셨어요?

우덕순    네, 선생님께선 전장에 나가셨습니다.

며느리    전장이라니요.

조도선    이곳에서 군자금을 모아가지고 군인을 길렀답
니다.

유동하    그래 그 군사를 거느리고 함경북도 경흥 방면
으로 일본군을 치러 나가셨습니다.

며느리    (두 눈에 눈물이 빛난다.)

           네.

아들    엄마, 아버지가 전장에 갔대우?

며느리    (목이 멘다.)

우덕순    매우 마음이 서운하시겠습니다.

며느리    아닙니다. 가실 길을 가셨습니다.

조도선    저희들도 만일을 염려하고 있습니다.

며느리    언제쯤 가셨나요?

유동하    벌써 오래 전입니다.

며느리    그동안 소식이 전혀 없었습니까?

우덕순    처음에는 일본군을 막 쳐부순다는 소문을 들
었습니다.

유동하    요즈음 와서는 불행한 소식을 들었습니다.

며느리　네, 불행이오?

유동하　그만 일본군에게 패전을 당하신 모양이에요.

조도선　갔던 사람은 죄다 죽은 모양입니다.

며느리　선생님두요?

우덕순　아직 자세한 기별은 못 들었습니다.

조도선　선생님이 살아 오시기를 어떻게 기다리겠습니까. (눈물 씻는다.)

아들　엄마, 아버지가 죽었소?

며느리　아니.

아들　아버지가 전장에 나가 죽었다는데.

며느리　아니.

아들　엄마, 아버지한테루 가요. 아버지가 죽었어도 좋으니 아버지한테 가요.

며느리　아버지가 어디 계신지 알구 가.

아들　죽은 데루 가요. 어서 엄마, 가요. 아버지가 보고 싶어 죽겠어.

며느리　옥남아, 가자. 네가 아무리 아버지를 찾아도 아버지는 안 계셔. 아버지는 못 오셔. (운다.)

아들　어디루 가, 엄마. (운다.)

며느리　고향으로 가자. 할머니가 계시구 작은아버지가 계신 데루 가.

아들       싫어, 난 아버질 만나보구 갈 걸.

며느리    울면 못 써. 아버지는 너같이 울지는 않았어.
　　　　착하지? 어서 가자.

아들       여보세요, 우리 아버질 제발 만나보게 해주
　　　　세요.

며느리    옥남아, 쓸데없는 말 말구 어서 가.

우덕순    사모님, 이왕 오셨으니 며칠 지내다 가시지요.

며느리    어서 가야지요. 이왕 갈 길은 어서 가야지요.

이강       여보게 유군, 미안하지만 우리 집으로 좀 모시
　　　　고 가게.

유진율    응……. 저와 같이 가시지요.

며느리    어디로요?

이강       저희 집으로 잠깐 가셔서 다리라도 쉬어 가십
　　　　시오.

며느리    고맙습니다.

이강       제 어머니도 계시고 또 아내 되는 사람도 있답
　　　　니다.

며느리    네, 고맙습니다.

이강       유군, 어서 안내해 모시게.

유진율    자네는 천천히 오려나?

이강       나는 잠깐 사에 다녀갈 테니.

유진율    응······. 어서 가시지요.

며느리    네······. 옥남아, 가자. (손 잡고)

유진율    (문 연다.)

며느리    (따라 나간다.)


이강    대단히 가여운 일이로군.

우덕순    나는 그 사모님을 뵈올 때, 앞이 캄캄하더라니까.

조도선    눈물이 왜 그렇게 쏟아지나.

유동하    꼭 선생님을 뵈옵는 것 같더이.

우덕순    글쎄 여기가 어디라구 찾아오셔.

이강    참······. 정성이 지극하신 양반이야.

조도선    열녀지, 열녀야.

이강    자······. 나는 바빠서 사에를 다녀오리다.

우덕순    그럼 다녀오시지요.

이강    네······. (급히 나간다.)

유동하    우리 사모님 대접 좀 잘 하시우.

이강    네. (문 열고 퇴장)

우덕순    (문 앞에 가서 보고 다시 내려와서)

선생님이 떠나실 때 칼 여덟 자루를 사서 우리를 다 한 개씩 나누어주셨겠다.

조도선   우리는 다 앞앞에 한 개씩 받았소.

우덕순   선생님은 뭐라고 말씀하셨소?

유동하   의리 있게 써라. 값있게 써라. 빛나게 써라.

우덕순   그럼 우리는 의리 있게 값있게 빛나게 쓸 때가
        왔소.

조도선   선생님의 원수는 우리 손으로 갚읍시다.

유동하   두만강 변두리에 가서 단 한 놈씩이라도 죽이
        고 죽읍시다.

우덕순   이것이 우리들의 의리요, 남아의 의기입니다.
        자, 칼을 뽑읍시다.

  일동 일제히 칼을 뽑는다.

조도선   우리는 선생님의 원수를 갚고 다 같이 죽읍
        시다.

일동     죽읍시다.


  이때 밖에서 노크, 신호등이 번쩍번쩍.
  문이 열리며 전신에 갈갈이 찢어진 옷 입고 보기에도 무섭
게 들어오는 안중근.


안중근   (쑥 들어선다.)

우덕순   (뛰어 들어가 단 아래 꿇어 절하며) 오, 선생님.

(운다.)

**조도선**　(뛰어 들어가 절하며) 선생님. (눈물)

**유동하**　(뛰어 들어가 절하며) 선생님. (운다.)

**안중근**　(우뚝 섰다가 한 걸음 한 걸음 뚜벅뚜벅 내려온다.)

일동 긴장해서 선생을 보고 있다.

**안중근**　(의자에 가 앉는다.) 나 목이 마르니 물 한그릇
　　　　　주우.

**우덕순**　(물 뜨러 상수로 퇴장)

**조도선**　(선생님 앞으로 오면서) 선생님, 어떻게 살아 오
　　　　　셨습니까?

**유동하**　(선생님 앞으로 오며) 어떻게 살아 오셨어요?

**안중근**　(전혀 말이 없다.)

우, 컵에 물 떠가지고 나온다.

**우덕순**　(선생님 갖다 준다.)

**안중근**　(받아 마신다.) ……. 나는 참패자요. 여러분을
　　　　　볼 면목조차 없소. 두만강 변두리에 붉은 흙을
　　　　　파고 3백 명 송장을 묻었소. (운다.)

일동 모두 운다.

**조도선**　그렇다고 선생님, 낙심하지 마십시오. 백 번을
　　　　　쓰러져도 일어날 때가 있습니다.

**우덕순**　선생님, 용기를 내십시오.

유동하 　기운을 내십시오.

안중근 　바위는 부서져도 모래알이 되지만, 사람이 죽
　　　　어지면 황사밖에 될 게 뭐요. (운다.)

우덕순 　선생님, 마음을 진정하십시오.

안중근 　나는 왜 왔을까. 죽지 못하구 왜 왔을까. 3백
　　　　명 동무는 나 오는 것을 보고 눈을 감지 못했
　　　　겠지. 서러워 울었겠지. (운다.)
　　　　(힘 있게 일어서며) 흙 속에 파묻힌 동무들아,
　　　　나는 너희들 앞에 부끄럽지 않은 일을 하마.
　　　　지금도 뼈는 울고 고기는 뛴다. 서럽다고 울지
　　　　말고 눈을 감어다우. (운다.)

　　(신호등 번쩍번쩍.)

조도선 　선생님, 과도히 서러워 마십시오.


유진율 　아까 그 부인께서 자꾸 서러워 우시며 가신다
　　　　구 하셔서 모시고 왔는데요.

우덕순 　선생님이 오셨는데요.

유진율 　선생님이 오셨어요?

조도선 　이분이 바로 우리 선생님이십니다.

유진율 　네. 선생님 처음 뵈옵겠습니다.

안중근 　당신은 누구시우?

우덕순  아까 이분이 찾아오셔서 결의를 맺었습니다.

유진율  유진율이라고 합니다. 앞으로 많이 사랑해주
       십시오.

조도선  참 선생님께 미처 말씀을 못 드렸습니다. 고향
       에서 사모님이 찾아오셨는데요.

안중근  누가 와요?

조도선  사모님께서 오셨습니다.

안중근  사모님이라니?

유진율  선생님 부인께서 오셨습니다.

우덕순  옥남이를 데리고 오셨던데요.

안중근  …….

       (가만히 생각)

유진율  저, 밖에 모시구 왔는데요.

조도선  어서 가서 모시구 들어오구려.

안중근  그만두우. 내게는 찾아올 사람이 없소.

유동하  사모님이 오셨는데요.

안중근  내게는 고향이 없소. 고향이 없는 놈에게 처자
       가 있을 리 없소. 어서 가라고 하시오.


       신호등이 번쩍이며 부인, 옥남이 들어온다.

유동하  선생님, 여기까지 찾아오신 사모님의 정성을
생각하셔서 잠시 만나보시지요.

우덕순  선생님, 마음을 돌리십시오. 산 설고 물 설은
이곳까지 누구를 바라고 찾아 오셨겠습니까?

조도선  조선도 아닌 외국까지 찾아오신 사모님 정성
을 생각하시와 잠시라도 만나보시지요.

안중근  듣기 싫소. 남아로서 뜻을 세우지 못하고 고향
엘 돌아갈 면목이 있소. 내 귀에는 오직 3백
명 동무가 나를 찾는 울음소리뿐이오.
(고개를 파묻는다.)


일동 부인을 쳐다보고 상하수로 각각 들어간다.


며느리  (중근이 곁으로 가까이 오며)
용서하십시오. 미개한 여자의 마음이라 철없
이 왔습니다.

아들  아버지…… . (들어가 붙들고 엉엉 운다.)

안중근  당신은 누구요, 대체 누구를 찾아 왔소?
(우는 옥남이를 밀어 보내며)

며느리  죄송합니다.

안중근  나는 집을 떠날 때 다시 만나자는 약속을 한

기억이 없소. 왜 왔소? 뭣 하러 왔소?

내게는 아내와 자식이 없으니 빨리 가시오.

며느리 네, 가겠습니다.

(목이 메어 돌아서 눈물 흘린다.)

아들 아버지, 엄마가 불쌍해요. 아버지가 보고 싶어 왔어요. 아버지가 전장에 나가 죽었다구 해서 엄마하구 나하구 찾아가려구 했어요.

며느리 저는 기쁩니다. 살아계신 얼굴만 뵈옵고 가도 기쁩니다. 지금 죽어도 한이 없습니다. (운다.)

아들 아버지, 엄마가 자꾸 울어요.

며느리 저는 두만강이 어딘지도 모르고, 하늘 끝닿는 데라도 옥남이를 데리고 찾아가려고 했습니다.

아들 엄마가 아버지 있는 데 가서 죽는다고 했어요.

며느리 옥남이가 날마다 아버지가 보고 싶어, 아버진 언제 와, 엄마, 아버지한테로 어서 가자. 자다 가도 아버지를 찾구, 꿈 속에서도 아버지를 찾 습니다 그려. (운다.)

아들 할머니랑 작은아버지랑, 엄마더러 가라구 해 서 왔어요.

안중근 산고기는 물을 거스른다. 펄펄 뛰는 잉어는 물 을 거스른다. 나라를 위해서는 애정도 거스른다. 천륜도 거스른다.

부모도 없고 형제까지도 없다. (엎드려 운다.)

**며느리**   옥남아, 가자. (손목 잡고)

아버님께 절하구, 어서 가.

**아들**   아버지, 난 아버지한테 오면 강바치려구

천자 한 권 다 외어가지구 왔어요.

(울면서 읽는다.)

하늘천 따지 검을현 누를황······. (느낀다.)

**며느리**   갑니다. 부디 안녕히 계세요. (돌아서며 느낀다.)


며느리 옥남이 데리고 간다.

─효과 비곡─


**안중근**   (한 번도 고개를 들지 않고 테이블에 고개 숙인 채

이다.)


상하수로 들어갔던 사람들 각각 나온다.

일동 죄다 눈물 흘린다.


**유진율**   선생님, 참 무서우십니다.

**우덕순**   엄격하십니다.

조도선　정말 의지가 굳으십니다.

유동하　장부의 절개가 높으십니다.

안중근　모두들 갔소?

우덕순　네, 가셨습니다.


　　신호등이 번쩍번쩍. 이강이 숨차게 들어온다. 신문을 가졌다.


이강　　안형, 살아왔구려. (너무 반가운 눈물)

안중근　부끄럽소. 정말 부끄럽소. (기쁜 중에 눈물이 빛
　　　　난다.)

이강　　그런데 이 신문 좀 보시오.

안중근　무슨 신문인데요?

이강　　우리 대한을 좀먹듯이 집어먹은 이토가 만주
　　　　시찰차로 들어온답니다 그려.

안중근　언제요?

이강　　날짜는 확실히 안 적혔지만⋯⋯. 자⋯⋯ 이걸
　　　　좀 보시우.
　　　　(노어신문) 일본의 영걸 이토 히로부미는 만주
　　　　를 시찰하고 노국과 더욱 친선을 도모하기 위
　　　　하여 이달 하순경에 도착한다더라. 도착역은
　　　　하얼빈. 이렇게 신문에 나지 않았소?

안중근  간사스러운 놈이 또 중국을 우리나라같이 먹
고 싶어서. (불덩이가 나올 듯)

우덕순  선생님, 그놈은 삼천 리 강토를 빼앗은 원수입
니다.

조도선  2천만 동포를 철사로 묶은 놈입니다.

유동하  선생님, 4천 년 역사를 모욕한 놈이 이토입니다.

안중근  때는 왔다. (벌떡 일어서며)
(우를 보고) 준비했던 총을 내오시오.

우덕순  네. (들어가서 단총 네 자루, 탄알상자 들고 나온
다.)

안중근  자, (우를 주며) 형은 탄알이 열두 방이오.

우덕순  네.

안중근  자, (조를 보고) 형은 여덟 방이오.

조도선  네. (총과 탄알을 받는다.)

안중근  (동을 보고) 형은 아홉 방이오.

유동하  네. (총과 탄알을 받는다.)

안중근  나는 열두 방이오. 단총은 7연발 브라우닝 식,
탄알은 모두 십자형이오. 가슴에 들어 박히면
퍼져서 빼래야 뺄 수 없이 죽는 것이오.

일동  네.

안중근  하얼빈까지 갈 여비가 있소?

유진율  네, 제게 있습니다.

이강  내게도 있소.

안중근  그러면 일처리는 어느 정거장이 좋을까요?

이강  글쎄요. 다롄으로 상륙을 해서 뤼순을 시찰하구 온다니까요.

안중근  기차가 교차되는 정차장이 일하기가 쉬울 것입니다. ……우덕순.

우덕순  네.

안중근  형은 콴청쯔寬城子까지 가서 기회를 엿보시오.

우덕순  네.

안중근  조도선.

조도선  네.

안중근  형은 채가구蔡家溝까지 가서 기회를 보시우.

조도선  네.

안중근  유동하.

유동하  네.

안중근  형은 아라사 말을 잘하니까 나와 같이 일을 합시다. 만일 한국인이라고 주목을 받으면 안 될 테니 동무들을 다 인도해주고.

 나중에 내릴 하얼빈 역두에서 결행하기로 약속합시다.

**유동하**   네.

**안중근**   이형과 유형은 이곳에 남아서 연락만 잘 해주
　　　　　시우.

**이강**   이곳 일은 조금도 염려 말구 일만 잘 하시우.

**유동하**   책임지고 연락을 잘 하겠습니다.

**안중근**   자, 동무들아 나서자.

**일동**   네.

**안중근**   우리 앞에는 싸움이 있다. 우리들은 피의 세례
　　　　　를 받아도 우리나라 원수, 우리 민족의 원수
　　　　　이토를 죽이자.

　　　　　(총 번쩍 드니)

**일동**   죽이자……. (다같이 총을 번쩍 든다.)


　암. 막은 고요히 내린다.


—3막 끝—

## 제 4 막
## 나오는 인물

안중근  31세
이토 히로부미  60세
하야시 비서관  50세
다나카 만철이사  58세
가와카미川上 하얼빈 영사  56세
안중근 부인  32세
안중근 아들  9세
유동하  18세
유진율  35세
노국 헌병 갑
노국 헌병 을
일본 부인
그의 남편
중국인
경부警部

# 제 4 막

하얼빈 역전.

메이지 42년 10월 26일(음력 9월 13일) 오전 9시 경.

무대면 하얼빈 역을 촬영한 그림엽서와 똑같이 무대를 장치할 것.

개막. 엄숙한 정차장 전면이다.

일본대관이 온다고 노국 헌병이 좌우에 서서 극히 엄숙하게 통행을 금지하고 있다.

─효과─ 막 기차가 들어와 닿는 소리, 기적소리.

군중의 소리, 와와 떠드는 소리.

환호성.


**중국인**    (잔뜩 한보따리 지고 급히 나온다.)

헌병      어디 가우?

중국인    워디 러거 러거 타이렌 취어바.

헌병      여기는 통행금지요.

중국인    워 부지타오.

헌병      이리 오면 안돼요. (객석 좌우를 가리키며)
저기 저렇게 사람이 많이 모여 있어도 한 사람
도 나오는 사람 없지 않아요. 어서 저리 가요.

중국인    워디 부지타월라 워디 타이런가[大連].

헌병      만만디오, 만만디.

중국인    만만디호마, 싱아싱아, 워지타우. (퇴장)

헌병      (중국인을 몰아 넣고 섰다.)


　　일본 부인이 아이 업고 일본옷 입고, 양복 입은 남편과 같
이 나온다. (상수에서)


헌병      奥さん　こちら行けません°[부인, 이쪽으로 갈
수 없습니다.]

부인      すみませんが ちょっと通して下さい°[죄송하
지만, 좀 지나가게 해주세요.]

헌병      行けません°[갈 수 없습니다.]

남편      大急ぎで行かねばなりませんから゛ちょっと

　　　　　して下さい°[아주 급한 일로 꼭 가야 하기 때문에
　　　　　좀 통과시켜주십시오.]

헌병　　　いけません°[갈 수 없습니다.]

부인　　　あの実は´今日の汽車にのらなければなりま
　　　　　せん°[저 실은, 오늘 기차를 타지 못하면 안 됩니다.]

남편　　　誠にすみませんが´ちょっと通して下さい°
　　　　　[정말로 죄송합니다만, 좀 지나가게 해주세요.]

헌병　　　いけません°[갈 수 없습니다.]

남편　　　(절을 꾸벅 하며)
　　　　　お願いです´ちょっと通して下さい°[부탁입니
　　　　　다, 좀 지나가게 해주세요.]

헌병　　　いけません°[갈 수 없습니다.] 니폰진 문명인 아
　　　　　니오?
　　　　　키소쿠[규칙] 왜 야부리[깸] 했소? いけません°
　　　　　[갈 수 없습니다.]

　　일본 내외 아기 우는 것 달래며 할 수 없이 들어간다.

헌병　　　(떡 버티고 섰다.)


　정차장에서 가와카미 영사 나온다.
　경부 뒤따라서 나온다.

| 가와카미 | 伊藤公爵閣下が　直ぐお見になさいますから もうちょっと嚴しく通行を禁止してもらう様 に露西亞憲兵に樣んで下さい°[이토 공작 각하 께서 곧 오실 테니 좀더 엄격하게 통행을 금지시켜 달라고 러시아 헌병에게 부탁해주시오.] |
|---|---|
| 헌병 | はっ°[예.](경례) |
| 가와카미 | (다시 안으로 들어간다.) |
| 경부 | (헌병에게 와서) あの日本大官がお乘りなつれ 汽車が直ぐプラットホムに着きますからこの 前へは一人も通らんように特に注意させてく ださい°[그 일본 대관이 타고 계신 기차가 곧 플래 폼에 도착하므로 그 앞으로는 한 사람도 통과할 수 없도록 특히 주의시켜주십시오.] |
| 헌병 | はっ°[네.](경례) |
| 경부 | (답례 후 좌의 헌병을 보고) こしらは絕對誰も通らないようにして下さい° [이쪽에는 절대 아무도 통과하지 못하게 해주시오.] |
| 헌병 | はっ°[네.](경례) |
| 경부 | (정거장으로 바쁘게 들어간다.) |

—효과— 기적소리, 기차 오는 소리.

군중의 떠드는 소리.


유진율    (부리나케 나온다.)

유동하    (나오며) 유형, 유형.

유진율    네.

유동하    선생을 못 만났소?

유진율    못 만났어요.

유동하    채가蔡家구에서 오셨답디까?

유진율    어젯밤 오셔서 김성백金成白이 집에서 주무셨
         다는데요.

유동하    여비는 충분히 준비해가지구 나오셨소?

유진율    네.

유동하    곧 기차가 들어올 모양인데, 선생을 만나야지요.

유진율    글쎄, 나도 저물도록 찾아다닙니다.

헌병      여기 있으면 안 돼우. 저리 가시오.

유진율    우리는 신문기자요.

헌병      신문기자?

유동하    네, 일본대관이 온다고 해서 일부러 나왔소.

유진율    저기, 사진반도 나왔소.

헌병      네, 알았소. (믿는다.)

유동하    자, 빨리 선생을 찾아야지요.

유진율    아마 저 군중 틈에 끼었는지도 모르지.

유동하    어서 찾아갑시다.

(두 사람 급하게 상수쪽으로 퇴장)


—효과— 기적소리.

상수에서 부인, 옥남이 데리고 급히 나온다.


헌병    안 되오. 저리 가우.

며느리    바빠서 그럽니다. 용서하세요.

헌병    안 되무니다.

아들    차 탈 시간이 바빠서 그래요. 좀 가게 해주세요.

헌병    아니 되무니다.

며느리    저희는 노자가 떨어져 꼭 이번 차를 타야만 됩니다.

헌병    아니 되무니다.

아들    좀 가게 해주세요.

헌병    아니 되무니다. 저리 가우. (몰아낸다.)


부인, 옥남이 데리고 할 수 없이 들어간다.

정거장에서 부리나케 안중근 나온다.

헌병     누구요?

안중근    네, 좀 바빠서요.

헌병     거기 있어. 당신 한국인이오?

안중근    네.

헌병     어디 갔다 오시오?

안중근    네, 친구를 만나러 왔습니다.

헌병     오늘 일본의 유명한 사람 오는 줄 모르오?

안중근    모릅니다.

헌병     어디로 정거장 안까지 들어갔소?

안중근    이리로 들어갔습니다.

헌병     거짓말.

안중근    아닙니다. 정말입니다.

헌병     나 여기 있었는데, 당신 가는 것 못 봤소.
         몸 좀 조사해봅시다. 손 드시오.

안중근    (할 수 없이 손 든다.)

헌병     (몸 뒤지려 한다.)


  동하, 부리나케 상수에서 나온다.


유동하    야, 선생님.

유진율    선생님, 웬일이십니까?

유동하　이분은 우리 선생님이십니다.

유진율　몸을 왜 뒤지세요?

유동하　나와 같이 사에 계신 선생님이십니다.

헌병　　당신과 같이 신문사에 있소?

유진율　네.

헌병　　좋소. 어서 가시오.

유진율　네, 고맙습니다.

유동하　고맙습니다.


　3인 부리나케 퇴장. 다행히 위급을 모면하였다.
　옥남이, 부인 나온다. '


아들　　아버지, 아버지, 아버지. (울며 손을 들고 찾는
　　　　외마디 소리)


헌병　　안 됩니다. 저리 가시오.


　부인, 옥남이는 할 수 없이 들어간다.


　군중의 소리 와글와글…….
　—효과— 행진곡 반주

행진이 나온다.

헌병들, 총을 받든다.

앞에 경부, 가와카미 영사 좌우로 서고, 이토 히로부미, 그 다음 하야시 비서관, 다나카 만철이사 나온다.

정거장 층단層段을 막 이토가 내렸을 때.

······땅······. 첫 방

이토가 으앗······. 가슴에 손 댄다.

······땅······. 두 번째

이토가 배를 만진다.

······땅······. 세 번째

이토가 두 손으로 하복부를 만지며 넘어진다. (생명은 경각)

······땅······. 네 번째

(하야시 비서관 왼팔을 맞고 비틀비틀 넘어진다.)

······땅······. 다섯 번째

다나카 만철이사, 으앗, 하복부를 맞으며 넘어진다.

······땅······. 여섯 번째

가와카미 영사가 다리를 맞아 넘어진다.

그동안 헌병은 재빠르게 들어가고 있다.

죽어 넘어지는 중앙으로 상수에서 뛰어 나오는 안중근, 피스톨을 든 채 부르짖는다.

XXX…….

라이트 불이 안중근을 비춘다.

**안중근**　나는 원수를 잡았다. 나라의 원수, 민족의 원
　　　　수를 잡았다. (통쾌하게 웃는다.)…….
　　　　대한독립 만세. (외마디 소리로 크게 부른다.)
　　　　하하하하하하…….

노국 헌병이 좌우로 안중근의 손을 잡는다.

—전편 끝—

## 희곡 안중근 후편

전 3막

東洋大勢思杳玄 有志男兒豈安眠
和局未成猶慷慨 政略不改眞可憐

庚戌三月 於旅順獄中 大韓國人 安重根 書

安
重
根

• 후편에 부쳐

# 후편을 쓰고 나서

김춘광 기記

이토 히로부미가 한국총감을 사직하고 또다시 중국과 노국에 대한 불덩이 같은 야심을 품고 만주시찰이란 핑계로 다롄을 상륙하였을 때, 중국 4억만이 모두 놀라고 두려워하였다. 나라를 근심하는 지사나 또는 혁명투지들까지도 자기 나라를 근심하였던 것이다.

"만일 이토가 오면 우리나라가 완전할까?"

"중국이 한국과 같이 되면 어찌할까?"

"이토 손에 빼앗기면 큰일이지."

"세계 최강국 노국을 쳐부쉈으니 싸울 수도 없어."

전 중국 안에는 삼척동자까지도 이런 근심에 침식寢食

이 불안하였다. 그 당시 이토는 이 만치 무서운 영걸이었다. 전 일본을 대표하여 이렇게 크나큰 영걸을 메이지 42년. 즉 단군 기원 4242년 10월 26일 오전 9시에 하얼빈 역두에서 안의사 선생이 통쾌하게 죽이니, 세계 만국이 놀랐으며 중국 4억만이 안의사 선생을 경모敬慕하고 숭배하게 되었다.

쾌재라, 통재라. 조국을 위하여 벽혈碧血을 뿌리고 2천만 동포의 원수를 갚아주니, 안의사의 거룩한 자취가 어찌 우리 앞에 빛이 되고 거울이 아니 될쏘냐. 우리는 왜적에게 눌리어 하고 싶은 일을 마음대로 못하기 때문에 오늘날까지 안의사 선생의 사당 하나 변변히 받들어 모시지 못하였지만, 중국은 벌써부터 안의사 선생의 영을 받들어 모시고 사당까지 모셔서 해마다 춘추로 봉제奉祭 향을 올린다니, 우리 3천만은 눈물이 나도록 감격할 일이다.

중국 사람은 남녀노유를 물론하고 지금까지 안씨라면 양반인 줄 알고 숭배할 줄 안다니, 안의사 선생의 거룩한 자취가 얼마나 장하고 숭엄한가. 우리는 다시 머리를 숙이고 경의를 표하자. 세계 어느 나라를 물론하고 의로 죽은 이가 많은 나라라야 그 나라 국민의 존경을 받는 법이다. 우리도 안의사 선생이 계심으로 4억만의 존경을 받고 세계 어느 나라에 내놓아도 부끄럽지 않도다.

동포여, 친애하는 동포여. 오늘에 우리는 안의사 선생에게 거룩한 자취를 본받아 의로 죽고 의로 살기를 맹세합시다. 대의는 천 년, 만 년을 가도 변할 수 없소이다. 대의 앞에는 반드시 누구나 머리를 숙이고 마음을 굽히게 됩니다. 동포여, 친애하는 동포여. 우리는 다같이 의인이 되어 다같이 거룩한 피를 흘려도 일심동체가 되어 우리나라를 세우십시다. 완전 자주독립을 하십시다.

여기까지 쓰고 보니 작자로서 너무 탈선인가 합니다. 너무도 흥분끝에 내용에 있어 탈선한 허물을 관서寬恕하십시오.

안의사 선생의 명중탄 세 방을 맞고 넘어진 이토는 보호의로 같이 왔던 코야마小山 의전과 노국 의사까지 출동하여 즉시 일등 객차실로 시체를 갖다놓고 응급수당에 노력하였으나, 이토 히로부미는 영영 불귀의 객이 되고 말았다.

안의사는 애석하게도 노국 관헌에게 체포가 되었다. 이토의 유해는 당일 10시 40분 대련으로 남하하여 28일 오후 11시 30분에 군함 아키츠시마秋津洲에 싣고 11월 1일 요코스카橫須賀에 도착되는 즉시 동경으로 들어가 특별히 일본 천황의 분부로 11월 4일 국장을 지내게 되니 당시 회장자會葬者가 40만이 넘었다는 전고미회유前古未會有의 장의였다. 황천으로 불귀객이 되어 가는 이토 히로부미도 우리 안의사 선생의 백혈을 뿌리신 그 공으로 얼마나 호강을 하였는가. 이토도 진정한 인물이라면 안의사께 오히려 경의를 표했을 것이다.

일본이 아무리 우리나라를 집어먹었다 하여도 어찌 안의사 선생과 같은 인물이 났으랴. 안의사 선생과 같은 의사열사가 없었기 때문에 오늘의 일본은 패전국이란 말로가 비참하지 않은가. 우리는 아무리 굴욕의 세상을 살아왔지만 안의사 선생과 같으신 의인이 계시므로 오늘의 해방이 있고 오늘의 자주독립이란 커다란 서광이 비치어 있지 않은가? 동포여, 친애하는 동포여. 우리는 의로 살고 의로 죽기를 거듭 맹세하십시다.

여기에 우리는 한시라도 잊을 수 없는 의인이 또 한 분 계시니, 그는 우덕순 선생이다. 안의사와 사생을 동거하고 이토를 죽이는 데도 서로 굳게 맹세하신 분이 우덕순 선생이다.

선생은 불행히 채가구에서 노국 관헌이 자유를 용납지 못하게 하여 이토가 타고 가는 기차소리만 듣고 천재일우의 기회를 놓친 장한에 눈물을 머금었다. 만일 노국 관헌이 없었고, 일신의 자유가 있었다면 하얼빈까지 가기 전에 의사 우덕순 선생의 손에 죽었을 것을 생각하면 우리 동포 중에 얼마나 충혈에 빛나려던 의열의 영웅이 또 있던 것이 새삼스럽게 느껴지고 더한층 마음이 튼튼하게 믿어지지 않는가?

의사 우덕순 선생의 말씀을 들으면 죽지 못하고 살아온 것이 한이요, 말씀끝에는 벽혈을 뿌리는 듯한 뜨거운 눈물이 두 눈에 빛나더이다.

동포여, 친애하는 동포여. 부디 우리는 한마음 한뜻으로 나라를 위하여 죽고 의를 위하여 피를 흘립시다. 삼천리 강토를 완전히 찾고 우리의 자주독립을 완전히 세우십시다.

동포여, 친애하는 동포여. 우리는 끝까지 일심동체가 되십시다. 비옵니다. 엎드려 비옵니다. 강산이 비옵고 3천만 동포가 다같이 비옵니다…….

그 후 우덕순, 조도선은 채가구에서 당일 체포가 되고 유동하는 수이펀허綏紛河에서 잡히고 기외其外에 혐의자로 우리 동포 세 사람이 붙들리게 되었다. 이 사실을 취조하기 위하여 각처에서 모여든 사람은 관동도독부關東都督府 법원 만주 검찰관과 한국에서는 아카시明石 소장까지 오고 도독부 사토佐藤 경시총장과 히라이시平石 법원장이 모여 왔다. 며칠 동안 밀의를 계속하고 취조방법을 연구하여 세밀히 취조를 하고 11월 30일에 뤼순 감옥으로 호송하였다. 심리 결과, 세 사람은 방면이 되고, 우덕순, 조도선, 유동하 세 사람은 공판에 회부되어, 그 이듬해 2월 7일부터 4일간 뤼순 지방법원에서 개정된 내용은 희곡에 쓴 바와 같거니와, 우리가 잊어서는 아니 될 날짜는 안의사 선생이 사형집행을 받은 날입니다. 단군기 4243년 3월 26일 오전 10시 (약 36년 전) 명호嗚呼!

안의사 선생이시여, 지금 생각하여도 우리 3천만 동포는 가슴을 치고 울고 싶습니다. 의열의 붉은 피가 아직도 그 자리에 반반班班하오리다.

안의사 선생이시여, 해방된 우리를 내려 굽어보옵시고 제발이지 선생은 눈을 감아주소서.

• 헌시

# 우리 안의사 선생께 올린 글

중국 대통령  위안스카이袁世凱 작

平生營事只今畢

평생에 경영하던 일을 지금 다 하니,

死地圖生非丈夫

죽을 땅에서 살기를 도모하는 것은 장부가 아니다.

身在一邦名萬國

몸은 비록 한 나라에 있으나 그 이름이 만국에 떨치니,

生非百世死千秋

백 세를 살지 않아도 죽음이 천추에 빛났도다.

## • 자작 창가

우리 안의사 선생의 크고 큰 자취를 연상하며 지나간 옛날에 부르던 창가 한 구절 안의사 선생께서 이토를 죽이고 나서 지었습니다.

안중근 작

만났도다. 원수 너를 만났도다.
너를 한 번 만나려고 수륙으로 기만 리를
혹은 윤선 혹은 화차, 천신만고 거듭하여
오늘 너를 만나보니 너뿐인 줄 알지 마라.
오늘부터 시작하여 하나 둘씩 보는 대로
내 손으로 죽이리라. XXXXX……
이것은 3 · 1운동 후
여러 의인이 조국을 떠나면서 눈물 흘리고 지은 창가
4252년 3월 1일은
이내 몸이 얄노물(압록강)을 건넌 날일세.
연년이 이 날은 돌아오려니
내 목적을 도달키 전 못 돌아오리라.
우리가 지금 다시 생각하여도

뜻을 세우기 전 돌아오지 못할 것을 알고
떠나가신 길이 아닙니까.
여러분, 혹시 기억하실는지요
　우리는 지나간 그 옛날 이렇게 슬프고 애달픈 노래를
불렀습니다.
　슬프고 슬프도다, 우리 민족아.
　4천여 년 역사국으로 자자손손이 복락하더니,
　오늘날 이 지경이 웬일인가.
　철사주사로 결박한 것을
　우리 손으로 끊어버리고
　독립만세 부르는 소리에
　바다가 끓고 산이 동켔네.

　이 속에서 얼마나 우리의 피가 끓었습니까.

**후편 제1막**

**나오는 인물**

안중근 31세

조도선 37세

우덕순 30세

유동하 18세

안의사의 부인 32세

안의사의 아들 9세

중국 신문기자 A 28세

중국 신문기자 B 25세

미조부치溝淵 검찰관 42세

미조부치溝淵 서기 25세

간수 29세

형사 갑 32세

형사 을 28세

# 제 1 막

관동 도독부 지방법원

미조부치滿淵 검찰관 취조실.

중앙으로 도어가 있고 상수로 출입구.

현재 우리가 흔히 보는 검사실이 아니라 좀더 노국 풍에 젖은 이국색이 농후한 양실 중앙에 테이블이 놓이고 의자 2, 3개. 상수로는 원탁이 놓이고 검사가 취조에 필요한 서류 등속, 의자 한 개, 피고를 앉히는 조그마한 의자, 중앙을 조금 지나 하수쪽으로 고문대가 놓여 있다.

개막.

서기가 앉아 있다.

검사가 서류를 자세히 본다.

중국 신문기자 두 사람 등장

검사와 서기에게 인사, 검사와 서기 답례.


기자 A   (대단히 친절한 어조로 검사를 향하여) 오늘 하얼
          빈 역두에서 이토 공을 죽인 범인의 취조가 있
          다지요?

          (기자는 검사의 서류를 보고 무엇을 적고 있다.)

기자 B   처음에 그 범인은 노국 관헌에게 체포되었다
          지요?

미조부치   네!

기자 A   (검사의 눈치를 보며 좀 엄정嚴正히 묻는다.) 노국
          국경재판소 시심始審판사 스트라소프 씨에게
          서 작성되어 넘어온 신문訊問조서를 좀 보여
          주실 수 없습니까?

미조부치   그것은 아직 범인을 취조하기 전이니까 보여
          드릴 수가 없습니다.

기자 B   그 당시 일어난 사건은 노국 대장대신 코코호
          프 씨가 지나간 지 약 40분 만에 생긴 일이라
          지요?

미조부치   글쎄올시다. 나도 취조를 하기 전에는 대답하
          기가 좀 곤란합니다.

기자 A  검찰관께서는 어찌 생각하시나요?

미조부치  무엇을 말씀입니까?

기자 A  죄의 성질을.

미조부치  죄의 성질이라니요?

기자 A  말하자면 그 범행을 정치범으로 생각하시나
요, 국사범國事犯으로 생각하시나요?

미조부치  글쎄올시다. 그것은 오직 흉한兇漢이라고 볼
수밖에요.

기자 A  흉한이라니요?

기자 B  검찰관께서는 그 범인을 단순히 흉한으로 취
급을 하시렵니까?

미조부치  백주대로 상에서 권총을 난사하여 사람을 살
상한 놈이 흉한이 아니고 무엇입니까?

기자 A  (진중하게 생각하며 말한다.)
그것은 검찰관의 단순한 생각이 아니실까요?

기자 B  안중근이 개인의 야망을 가지고 한 일은 아니
겠지요.

기자 A  명예나 지위를 탐내어 한 일도 아니라고 생각
합니다.

기자 B  적어도 조국을 위하여 싸운 투사라면, 흉한이
란 말은, 첫째 그 나라를 모욕하는 말이 아닐

까요?

기자 A   세계 어느 나라를 물론하고 안중근과 같은 의
인이 생겨나기는 힘든 일입니다.

기자 B   나는 그 인격을 존중하고 조국을 위하여 싸우
신 그 거룩한 희생에 경의를 표하고 싶습니다.

기자 A   물론 일본으로서 입장을 생각한다면 흉한으로
취급한다는 것이 과히 모순이 아니라고 생각
합니다. 그러나 한국의 체면을 생각한다면, 이
번 범행은 개인 자격으로 취급할 일이 못 되리
라고 생각합니다.

기자 B   안중근은 고국을 떠나 3년 동안이나 방랑생활
을 하였다고 합니다. 눈물과 피로 된 그의 짧
은 역사를 회억하여볼 때, 수시로 동정하는 마
음이 솟아오릅니다.

기자 A   그들은 세상을 살아오는 동안에 기쁨을 모르
고 살았을 겁니다. 오죽 귀한 슬픔을 보존하는
동안에 나라일을 근심하였을 겝니다.

기자 B   다만 그들은 육체의 생명이 정신의 생명과 함
께 시시각각으로 조국을 위하여 죽기를 기다
렸을 겁니다.

기자 A   우리 중국은 정말 안중근의 인격을 존중하고

있습니다.

기자 B  검찰관, 어찌 생각하십니까? 안중근을 일개
자객이나 흉한으로 취급을 말아주시지요.

기자 A  공정한 법률로 다스릴 터이신데, 우리는 신문
기자 자격으로 쓸 데 없는 말씀 같사오나, 아
무쪼록이면 보통 범인으로 취급을 말아주십
시오.

기자 B  진심으로 충고합니다. 전 중국의 각계각층을
대표하여 참고로 말씀을 드렸습니다.

미조부치  네, 여러 가지로 말씀 많이 들었습니다. 나중
에 잘 생각해보겠습니다.

기자 A  여러 가지로 실례 많이 했습니다.

미조부치  천만에요.

기자 B  밖에 계신 한국 부인은 누구신가요?

미조부치  이번 사건에 다소 관련된 여자입니다.

기자 B  그러면 그 부인이 안중근 씨 부인이십니까?

미조부치  글쎄올시다. 아직 자세히 모르겠습니다.

기자 A  어린아이를 데리고 오셨더군요.

기자 B  그 한국 부인을 좀 특별히 대우해드릴 방도가
없을까요?

미조부치  오늘 신문이 끝나면 곧 가게 될 겁니다.

기자 A    우선 보기에 대단히 가엾으니까 말입니다.

미조부치   할 수 없지요.

기자 B    오늘 취조는 하시게 됩니까?

미조부치   네!

기자 B    공무에 폐가 많았습니다.

미조부치   괜찮습니다.

기자 A    안녕히 계십시오.

미조부치   네! 안녕히 가십시오.

기자 B    안녕히 계십시오.

미조부치   안녕히 가십시오.

기자 A    (서기에게) 실례 많았습니다.

서기      안녕히 가십시오.

기자 B    나중에 또 뵈옵겠습니다. (서기에게)

서기      네! 안녕히 가십시오.

   (신문기자 A, B 하수로 퇴장)

미조부치   (서기를 보고) 유동하를 불러오시오.

서기      네! (중앙으로 나간다.)

미조부치   (서류를 찾아내 끌러놓는다.)

서기      (들어온다.)


   간수, 유동하 데리고 등장.

유동하를 풀어준다.

수갑을 푼다.


미조부치  이애, (유를 보고) 이리 와 앉아라.

유동하  네! (검사 앞으로 와 앉는다.)

미조부치  네 이름이 유동하냐?

유동하  네.

미조부치  몇 살이냐?

유동하  열여덟 살입니다.

미조부치  직업은…….

유동하  별로 하는 일이 없습니다.

미조부치  너는 체포를 당하기 전에 어디 있었니?

유동하  수이펀허에 있었습니다.

미조부치  원적은 어디냐?

유동하  함경남도 덕원군 원산입니다.

미조부치  출생지는?

유동하  출생지는 원산입니다.

미조부치  너는 안중근이를 언제부터 알게 되었니?

유동하  퍽 오래 전 일입니다.

미조부치  오래 전이면 얼마를 가리킨단 말이냐.

유동하  잘 기억은 못하겠습니다.

미조부치  너는 안중근이와 같이 블라디보스토크에서 이
         토 공을 죽이기로 약속이 있었니?

유동하   모르겠습니다.

미조부치  안중근이가 너희에게 단총을 준 일이 있니?

유동하   모르겠습니다.

미조부치  십자형 탄알을 준 일이 있지?

유동하   모르겠습니다.

미조부치  왜 몰라?

유동하   모르겠습니다.

미조부치  왜 몰라?

유동하   모르니까 모르지요.

미조부치  같이 공모를 하고도 한 일을 몰라?

유동하   모릅니다.

미조부치  안중근이는 사실대로 고백을 하는 데도 불구
         하고 너희는 왜 기만하느냐 말이다.

유동하   기만이 아닙니다. 속일 리야 있겠습니까.

미조부치  그러면 이토를 죽일 맘은 있었니?

유동하   글쎄요, 그것은 나더러 묻지 마시고 안선생께
         물어보십시오.

미조부치  이놈아, 건방지게 선생이 무슨 선생이냐.

유동하   물론 당신들은 원수같이 미워하겠지만 우리에

게는 둘도 없는 선생이십니다.

미조부치  건방져!

유동하  그러면 스승을 가리켜 선생이라고 부르지 말
란 법률은 일본 법률입니까?

미조부치  검찰관 앞에 죄인을 가리켜 선생이라고 부르
는 것은 실례가 아닌가?

유동하  검찰관 앞이 아니라 천황 앞에라도 나를 가르
치신 분은 스승이요, 선생일 것입니다. 만일
스승을 선생이라고 부르는 것이 잘못이라면
일본은 윤리와 도덕까지 파괴한 나라라고밖에
생각이 아니 듭니다.

미조부치  이놈아, 너는 지금 일본의 지배를 받는 한국인
이 아니냐? 그런 말이 어디서 나오니?

유동하  나는 불쌍하고 약해서 할 수 없이 붙들려왔지
만, 그러나 일본의 지배를 받을 의무가 없지
않은가? 나는 한국인이요. 우리나라 법률이라
면 백 번 천 번 머리를 숙이겠습니다.

미조부치  건방진 놈. 네가 아직까지 뜨거운 국의 맛을
모르는고. 너 같은 놈은 순의로 점잖게 물어볼
필요가 없다. 이놈을 제2고문실로 끌고 들어
가 형사부장에게 고문을 받으라고 하시오.

간수　　(경례) はい゚

유동하　내가 지금 고문실로 끌려들어가는 것은 조금
　　　　도 원통할 게 없지만, 약하고 불쌍하게 사로잡
　　　　혀 마치 독수리 발톱에 채인 병아리 모양으로
　　　　사람다운 값이 없이 일본놈의 손에 고문을 받
　　　　는다는 것이 너무 분하고 원통하다.

간수　　잔말 말고 어서 가자. (수갑을 채워 상수로 퇴장)

미조부치　조도선을 부르시오.

서기　　네⋯⋯. (나간다.)


　─사이─

　2, 30초 후에⋯⋯.


서기　　(들어와 검사께) 곧 들어옵니다.


　간수, 조도선을 데리고 들어와 조도선을 검사 앞에 앉힌다.


미조부치　(조도선의 모양을 유심히 보고) 네가 조도선이
　　　　냐?

조도선　네⋯⋯.

미조부치　나이는 몇 살이냐?

조도선　서른일곱입니다.

미조부치　직업은?

조도선　세탁업을 합니다.

미조부치　구류 전까지 어디 있었니?

조도선　하얼빈에 있었습니다.

미조부치　하얼빈 어디?

조도선　페네지 가요.

미조부치　누구의 집?

조도선　네우리라는 노국인 집에서 일을 보고 있는 한
　　　　국인의 집입니다.

미조부치　그 한국인의 이름이 무엇이냐?

조도선　김성옥金成玉이라고 합니다.

미조부치　네 원적은…….

조도선　함경남도 홍원군 경포면입니다.

미조부치　출생지는?

조도선　역시 같습니다.

미조부치　너는 블라디보스토크에서 무엇을 했니.

조도선　블라디보스토크에 있을 때는 마트루닐이라는
　　　　곳에 산을 헐어내고 길을 막는 공사가 있어서
　　　　거기서 일을 하는 인부를 한 80명 거느리고 통
　　　　역을 해주고 있었습니다.

미조부치  네 아내는 노국 여자라지.

조도선  네.

미조부치  나이는 몇 살이고 이름은 무엇이냐?

조도선  나이는 스물네 살, 이름은 모제라고 부릅니다.

미조부치  언제 결혼했니?

조도선  한 4년 됩니다.

미조부치  어린 것이 있니?

조도선  없습니다.

미조부치  부모는 어디 있니?

조도선  고향에 계십니다.

미조부치  아버지 함자는?

조도선  주석 석 자, 빛날 화 자입니다.

미조부치  조석화曹錫華냐?

조도선  네.

미조부치  나이는 몇 살이냐?

조도선  60이 지나셨습니다.

미조부치  너희 아버지는 무엇을 하니?

조도선  제가 고향을 떠날 때에는 농업을 하셨습니다.

미조부치  지금은?

조도선  모릅니다.

미조부치  그럼 부모의 생사를 모르니?

조도선   모릅니다.

미조부치  너는 공부를 어느 정도까지 했니?

조도선   전혀 공부라고 한 일이 없습니다.

미조부치  그럼 한문을 모르니?

조도선   모릅니다.

미조부치  언문諺文은?

조도선   좀 압니다.

미조부치  어디서 배웠니?

조도선   이곳에 와서 친구를 만나며 조금씩 배웠습니다.

미조부치  노서아 말은 잘 하니?

조도선   대개는 압니다.

미조부치  노서아 글은?

조도선   전혀 모릅니다.

미조부치  아내가 노국 사람인데 편지 같은 것은 어떻게
        보니?

조도선   편지가 오면 아라사 사람더러 봐달라고 합니다.

미조부치  너는 고향에서 무엇을 했니?

조도선   순진한 농민이었습니다.

미조부치  안중근이를 언제부터 알게 됐니?

조도선   어느 때라고 기억할 수 없습니다.

미조부치  안중근이는 너에게 어떠한 일을 부탁했니?

조도선   아무 것도 부탁한 일이 없습니다.

미조부치  고향은 무슨 마음으로 떠났니?

조도선   농민으로서는 너무도 어리석고 약한 생활을
        할 수가 없어서요.

미조부치  그럼 몹시 가난한 생활을 하였구나.

조도선   물론이지요. 이조 5백년 이래 대대로 농사를
        지켜왔지만 우리에게는 조금도 행복이 없었습
        니다.

미조부치  무슨 까닭에?

조도선   모르지요. 광명과 발전이 없는 농사를 언제까
        지 지키고 있을 수가 없었습니다.

미조부치  그래서 고국을 떠났니?

조도선   네!

미조부치  너는 일본을 어떻게 생각하니?

조도선   일본을 어떻게 생각하다니요?

미조부치  너희 나라는 일본 때문에 문명의 혜택을 받고
        민지民智가 계발이 되었다고 생각 아니하는
        가?

조도선   일본의 혜택이라기보다, 우리 한국 사람은 일
        본 때문에 사람노릇을 못하고 일평생 노예에
        가까운 생활을 하다가 죽을 생각을 하면, 기가

막히오.

미조부치　노예에 가까운 생활이라면?

조도선　우리나라 사람은 죄다 노예이지요. 우리를 착
취하는 일본이 있기 때문에, 우리 농민의 행복
을 막는, 우리 농민의 광명을 막는 일본이 있
기 때문에, 아무리 못난 바보 천치라도 일본
사람에게 붙어서 알랑알랑하는 사람은 벼슬이
라도 한자리 얻어 하지만, 불쌍한 농민은 땅두
더지밖에 될 게 뭡니까? 이 비참한 생활을 우
리 아들 우리의 자손에게 대까지 물려줄 생각
을 하면 너무도 원통하고 기가 막힙니다.

미조부치　너는 그렇게 일본을 원망하는가?

조도선　이것은 나뿐 아니라 우리 2천만 동포의 원한
일 것이오.

미조부치　(잠깐 사이를 두었다 다시) 이토 공을 죽이자고
누가 먼저 기획을 세웠니?

조도선　글쎄요, 모르지요.

미조부치　너는 죽일 마음이 없었니?

조도선　이토가 우리나라를 먹은 원수라면 검찰관으로
서 내 앞에 묻는 말이 어리석지 않은가?

미조부치　그러면 이토가 너의 나라를 집어먹은 원수라

고 생각하는가?

조도선　그렇소.

미조부치　너는 채가구까지 무슨 목적으로 갔었니?

조도선　우덕순 씨와 나 두 사람이 남아 있었소.

미조부치　안중근은 왜 하얼빈에 들어왔니?

조도선　여비도 좀 부족이 되고 또 여러 가지 사정이
　　　　있어서요.

미조부치　우덕순은 어디서 잡혔니?

조도선　그것은 당자에게 물어보시오. 나는 내 일밖에
　　　　는 모르오.

미조부치　우덕순이가 너에게 권총을 주었다지?

조도선　천만에요. 남아가 처세하는 앞길에 호신용으
　　　　로 권총 하나쯤은 늘 준비가 있었지요.

미조부치　이토 공을 죽이려고.

조도선　목적이 완전히 서 있었으니까 구태여 변명할
　　　　필요도 없소이다.

미조부치　너는 분명히 안중근이가 주는 권총을 받았겠
　　　　다?

조도선　아니요, 나는 받은 일이 없소.

미조부치　안중근은 분명히 탄알까지 주었다던데.

조도선　그것은 안선생이 대답을 잘못했소. 비록 배운

것은 없지만 나는 마음에 있는 일을 하지 남의
심부름 같은 것은 아니하오.

미조부치  혹 안이 의뢰한 일이 있나?

조도선  없습니다.

미조부치  약속한 일은 있나?

조도선  없습니다.

미조부치  안은 분명히 약속한 일이 있다는데, 왜 거짓말
을 하니?

조도선  없습니다. 만일 이토를 죽일 의사가 있었다면
이것은 안선생이 시킨 일이 아니라, 즉 대한
사람의 일이라고 보아주십시오.

미조부치  너는 그렇게 애국자냐?

조도선  나는 애국자도 아니요, 의인도 아닙니다. 그러
나 일본이 우리나라를 빼앗은 것만은 사실이
라고 믿습니다.

미조부치  너는 일본을 그렇게 원수같이 여긴다면 어떻
게 고국엘 돌아가겠니?

조도선  나는 그러기에 고국을 찾을 생각도 아니하고
내 나라라고 찾아갈 마음도 없소이다.

미조부치  너는 영원히 고국땅에 발을 들여놓지 않겠니?

조도선  물론입니다. 그러나 내가 고국땅에 발을 들여

놓는 날은 일본이 망하여 콩가루가 되는 날이오.

미조부치　무엇이야? 나쁜 놈!

(흥분하여 일어나서 간수에게 명령한다.) 이놈을
제3고문실로 끌고 가우.

간수　네!

조도선　남아로 세상에 태어나 하고 싶은 일을 다 하지
못하고 죽는다는 것은 원통하지만, 그러나 나
를 위하여 동포를 위하여 죽는 일이라면 기쁘
게 죽지요!

미조부치　어서 끌고 가시오.

간수　네. 가, 어서.

조도선　너희가 나를 개나 돼지같이 끌고 다니지만 속
에 박히고 피에 사무친 거룩한 조국애야 털끝
만치라도 너희 놈들에게 빼앗길 상 싶으냐?

간수　어서 가.

(간수 조를 끌고 나간다. 중앙으로)

조도선　(간수가 채우는 수갑 차고 중앙으로 퇴장.)

미조부치　(서기를 보고) 우덕순을 붙드시오.

서기　네. (일어선다.)

미조부치　네, 제1고문실이 비지 않았으면 이번에는 여
기서 고문을 합시다.

서기      네. (밖으로 나갔다가 좀 있다 들어온다.)

미조부치  (그동안 검사는 서류를 다시 찾아놓는다.)

서기      (들어온다.)


  간수, 우덕순의 수갑을 끌러준 후, 하수쪽에 가서 선다.


미조부치  네 이름이 무엇이냐?

우덕순    우덕순이라고 합니다.

미조부치  그런데 왜 우연준禹連俊이라고도 부르니?

우덕순    우연준이라고 부르게 된 것은, 한국인으로 국
          경지대를 내왕할 때는 몸표(신원감찰증)가 있
          어야 자유로 드나들 수가 있어서 마침 우연준
          이란 친구에게 몸표를 잠깐 빌리기 때문에 우
          연준이라고 불리게 되었습니다.

미조부치  그러면 정말 이름은 우덕순인가?

우덕순    네.

미조부치  나이는 서른세 살인가?

우덕순    나이도 그 몸표의 주인 우연준이가 서른세 살
          이고, 나는 서른 살입니다.

미조부치  그러면 서른 살이 틀림없는가?

우덕순    네.

미조부치 직업은?

우덕순 연초행매상입니다.

미조부치 주소는?

우덕순 블라디보스토크에 있는 고준문방高俊文方입
니다.

미조부치 원적은?

우덕순 서울입니다.

미조부치 서울 어디야?

우덕순 동대문 안 양사골입니다.

미조부치 출생지는?

우덕순 출생지도 경기도입니다.

미조부치 (조서를 보고) 여기는 충청도 제천이라고 했는데.

우덕순 그것도 물론 몸표 때문에 그렇게 잘못 적혔습
니다.

미조부치 양친께서는 다 생존해 계신가?

우덕순 네…….

미조부치 아버지 함자는?

우덕순 우시영禹始映이라고 하십니다.

미조부치 아버지는 무엇을 했나?

우덕순 장사를 하셨습니다.

미조부치 처자가 다 있나?

우덕순    아내만 있습니다.

미조부치  같이 살았나?

우덕순    네, 고향을 떠날 때까지 같이 지내셨습니다.

미조부치  언제쯤 고향을 떠났나?

우덕순    4년 전입니다.

미조부치  서울을 떠나 어디로 갔었나?

우덕순    블라디보스토크로 바로 들어왔습니다.

미조부치  블라디보스토크에 와서는 무엇을 했는가?

우덕순    네……. 여러 가지 일을 했습니다.

미조부치  너는 의병을 기른 일이 있니?

우덕순    네……. 있습니다.

미조부치  몇 명이나?

우덕순    한 80명 되겠습니다.

미조부치  무슨 목적으로?

우덕순    의병을 기른 그 목적과 정신은 묻지 말아주
         십쇼.

미조부치  너는 안중근과 결탁하고 의병을 안중근에게
         맡긴 일이 있지?

우덕순    네……. 있습니다.

미조부치  안중근이는 함경도 방면으로 그 군사를 거느
         리고 나갔다가 그만 일본군에게 참패를 했지.

우덕순    네.

미조부치    그 중에는 네 군사도 섞여 있었니?

우덕순    그야 물론입지요.

미조부치    너는 왜 같이 안 나갔니?

우덕순    나는 그보다도 더 큰 임무가 있어서요.

미조부치    그보다도 더 큰 임무라면?

우덕순    그것은 더 묻지 말아주십쇼. 본 사건에 관련이
되지 않은 일이니까요.

미조부치    안중근이는 그때 의병중대장으로 나갔니?

우덕순    의병중대장이 아니라 우리나라를 대표한 총사
령관으로 나갔을 겝니다.

미조부치    안중근이는 언제부터 알게 되었니?

우덕순    2년 전입니다.

미조부치    친밀한 교제가 있었니?

우덕순    한 나라 사람이 한데 모였으니 물론 뜻도 같고
마음도 같았을 겝니다.

미조부치    너는 고향에서 얼마나 공부를 했니?

우덕순    천자 동몽선습 통감 2권까지 배운 정도입니다.

미조부치    종교는?

우덕순    예수를 좀 믿었습니다.

미조부치    목사는?

우덕순   미국인 포야프키라는 분이었습니다.

미조부치   세례를 받았니?

우덕순   세례까지 받지는 못했습니다.

미조부치   안중근을 만난 다음 국사 상에 대해 의논한 일
이 있니?

우덕순   물론 나라를 근심하고 염려하였습니다.

미조부치   독립 같은 것을 희망하였는가?

우덕순   나도 대한 사람이라면 굴욕의 세계를 벗어나
고 싶었을 게 아닙니까? 내 나라를 바로잡고
싶은 마음은 그 나라 백성의 의무라고 생각합
니다.

미조부치   블라디보스토크를 떠날 때 안과 어떠한 밀의
를 하였는가?

우덕순   검찰관, 그런 말씀은 아니 물어보시는 게 좋겠
지요. 살점이 갈가리 찢어져두 그런 말을 하지
않는 것이 한 나라 한 몸으로 다 같이 지키는
의리가 아닙니까?

미조부치   그러면 비밀을 지키겠단 말이냐?

우덕순   비밀이 어디 있습니까? 우리는 하고 싶은 일
을 했을 뿐입니다.

미조부치   이토 공을 그렇게 원수같이 생각하는가?

우덕순  5개 조약 7개 조약을 맺은 사람이 이토라면 우
       리로서 그놈을 왜 살려두겠습니까?

미조부치 이토 공을 죽이면 독립이 될 줄 알았는가?

우덕순  천부당만부당한 말씀을 마십시오. 이토 한 명
       을 죽여 독립이 된다면, 우리나라의 피 끓는
       지사는 벌써 그놈을 그냥 두진 않았을 겝니다.

미조부치 그러면 무슨 목적으로 이토 공을 암살하려 들
       었는가?

우덕순  우리가 생각하기에는 이토를 그렇게 큰 인물
       로 알지 않았습니다. 전 일본을 대표하여서는
       영걸인지 모르겠으나, 우리에게는 흔히 날아
       다니는 파리새끼 한 마리 만치도 안 여겼습니
       다. 우리나라는 불행히 이토 때문에 일본의 속
       국이 되어서 세계 각국에 외교권을 잃어버리
       게 되어 아무리 억울한 일이 있어도 어느 나라
       에 호소 한마디 못하게 되었습니다. 그러므로
       이토를 죽이면 물론 국제문제가 일어날 것이
       요, 세계만국의 여론을 일으키면 우리나라가
       얼마나 일본 때문에 침통한 굴욕의 세상을 살
       고 있나, 이것을 전 세계에 알리기 위한 수단
       이었습니다.

미조부치　너는 어떠한 방법으로 이토 공을 죽이려고 했
　　　　　는가?

우덕순　　내가 가장 믿는 동지 안중근과 같이 이토를 죽
　　　　　이려고 채가구까지 갔습니다.

미조부치　채가구는 왜?

우덕순　　기차가 교차되는 정차장이 일하기가 쉬우리라
　　　　　고 생각하기 때문에요.

미조부치　안중근은 왜 일을 같이 하지 않고 하얼빈으로
　　　　　먼저 왔는가?

우덕순　　아무래도 재미스럽지 못한 기색을 보고 먼저
　　　　　하얼빈으로 들어왔습니다.

미조부치　채가구에서는 아라사 사람이 경영하는 식당
　　　　　위층에 묵어 있었지?

우덕순　　네! 역장이 친절하게 안내를 하여주서서 바로
　　　　　그 정차장 식당 위층에 머물러 있었습니다.

미조부치　역장은 물론 아라사 사람이지?

우덕순　　네. 역장이 위층에 올라가 차를 한잔 사주며
　　　　　일본대관이 탄 기차가 내일 아침 새벽에 지나
　　　　　갈 듯하다는 말을 들었습니다.

미조부치　그때 그말을 듣고 어떠한 결심을 하였는가?

우덕순　　이미 먹은 마음이라 별로 새로운 결심할 것이

없지요. 태연자약하게 담배연기만 내뿜고 앉
아 있었습니다.

미조부치  채가구에서 지난 경과를 간단히 말해보아라.

우덕순  안중근이가 떠난 다음 조도선이와 같이 남아
있었으나, 별로 조도선을 보고 이러한 말을 할
필요가 없으므로 나 혼자만 기회를 얻으려고
애썼습니다.

미조부치  그날 밤 노국헌병의 감시가 심하였다지?

우덕순  네! 기차가 아침 6시에 통과한다기에 새벽 다
섯 시 가량 일어났습니다. 똥도 마렵지 않은
것을 일부러 뒤가 급한 체하고 정차장 변소를
가려니까 노국 관헌이 따라오더군요. 나는 변
소에 들어가 일부러 똥을 눈 체하고 허리띠를
매면서 나왔습니다.

미조부치  밤이 밝기 전에는?

우덕순  노국 부인이 웬일인지 변기를 갖다주며 일본
대관이 오래지 않아 지나가니 일절 한국인은
통행금지라고 말을 하더군요.

미조부치  그런데 변소에는 어떻게 갔니?

우덕순  간신히 사정을 하고 갔습니다.

미조부치  노국 관헌은 몸을 조사한 일이 없니?

우덕순  없습니다.

미조부치  조도선과 무슨 밀약을 한 일은 없니?

우덕순  없습니다. 조군은 아라사 말을 잘하기 때문에
노국 관헌이 내 뒤를 따라왔을 때, 조군이 말
을 해서 노국 관헌은 고개를 끄덕이고 나갔습
니다.

미조부치  너는 6시가 지난 다음 무슨 행동을 하였니?

우덕순  조군은 이불을 뒤집어쓰고 자고, 나는 기적소
리가 날 때 가슴이 떨리고 피가 끓었습니다.

미조부치  왜?

우덕순  기차 가는 소리와 김을 내뿜는 소리를 들을
때, 내 온 몸과 마음은 한없이 떨렸습니다.

미조부치  왜?

우덕순  하늘이 주신 기회를 놓쳤으니 오죽 원통하겠
습니까?

미조부치  이토 공을 죽이지 못하여 그렇게 한이 되더
냐?

우덕순  물론입니다. 천추의 한을 품고 내 가슴에 품었
던 권총을 꺼내 들고 울었습니다. 울었어요.

미조부치  너도 물론 기회가 있었으면 이토 공을 죽였을
것이로구나.

바캇馬鹿っ[바보.] (소리를 벽력같이 지른다.)

우덕순　소리를 지르실 필요가 없습니다. 나는 내가 하
고 싶은 일을 못한 것이 가슴에 맺히고 맺혀
있는데.

미조부치　바캇馬鹿っ[바보.] (또 소리를 지른다.)

우덕순　박가니 최가니 떠들 거 없이 나를 잡아먹구 싶
으면 잡아먹구, 볶아먹구 싶으면 볶아먹구, 찢
어 죽이려거든 찢어 죽이구, 맘대루 하시오.

미조부치　이놈을 고문대에다 묶어라.

간수　네! (들어와 우를 붙든다.)

서기　(일어나 조력하려 한다.)


중앙으로 사복을 한 형사 두 명 등장. (우를 와서 붙든다.)


우덕순　(붙들려 일어나며) 나는 고문을 받아도 좋고 뼈
가 으스러져도 좋다. 그러나 나는 남아로서 떳
떳한 일을 못하고 이 왜놈들에게 죽음을 당하
는 것이 원통하고 분할 뿐이오.


여러 사람이 형판 위에 누이고 위아래를 묶는다.
결박을 한 다음, 죽장을 준비하고 흰 수건으로 입을 맨다.

보기에도 악독한 형벌이다. 왜놈에게 받는 극형.

이것을 볼 때, 우리의 설움과 아픔을 다시 생각합시다.

**미조부치**　이제도 네가 큰소리가 나오니 너희 나라를 위
　　　　　하여서는 가장 용감한 투사이지만, 우리 일본
　　　　　에게는 백년대계가 틀어지고 만다. 바른 대로
　　　　　말을 해라.

**형사 갑**　바른 대로 말을 해라. (때린다.)

**형사 을**　어서 말을 해라. (때린다.)

**미조부치**　너희 놈이 공모한 그 내용을 자세히 말을 해라.

**형사 갑**　(때린다.)

**형사 을**　(때린다.)

때리다가 물주전자로 입과 코에 들어 붓는다.

**우덕순**　(흑흑 느끼다가 기색)

**미조부치**　(형사 갑, 을을 보고) 있다가 정신을 차리거든
　　　　　다시 고문을 할 테니 잠시 나가시오.

**형사 갑**　네!

**형사 을**　네! (형사 갑, 을 절하고 중앙으로 퇴장)

**미조부치**　(간수보고) 나가서 안중근을 데리고 오시오.

간수  네! (경례하고 나간다.)

(하수 퇴장)

미조부치  (자기 자리에 가서 앉는다.)

간수  (안중근 수갑 채워가지고 들어온다.)


검사 앞에 안중근을 앉힌다.

수갑을 끌러준다.


우덕순  (간신히 정신을 좀 차려 죽어가는 목소리로 처량하
게 부른다.)

안형, 중근이~, 안형…….

미조부치  정신을 차리는 모양이오.

서기  네! 정신이 나는 모양입니다.

미조부치  내버려두시오.

우덕순  (조금 아까보다 기운 있게) 안형, 살려주우.

안중근  (돌아다 보다, 척 일어선다. 우 곁으로 간다.)

우덕순  안형~.

안중근  오! 우형! (힘있게 용기있게) 에이, 이 도적 같은
놈들. 사람을 이렇게 죽이니?

이놈아. (의자를 들어 친다.)

(책상이 부서진다.)

서기      (하수로 피해 벌벌 떤다.)

미조부치   コラッ　亂棒するな°[이놈, 난폭하게 굴지 마라.]

간수      (재빠르게 들어가 안중근 따귀를 갈기고) 코라 파
          가. (소리친다.)

안중근    이놈아, 네가 나를 때렸니? 흐……. 오늘이야
          왜놈 덕에 호강하였구나. 코라 파가……. 이놈
          아, 너희 왜놈은 언제든지 우리나라에서 고라
          죽구 바가지차구 쫓겨 간다. 야이…….
          (나는 듯이 들어가 집어 치니)

간수      (멋지게 나가떨어진다.)


    형사 갑, 을 총을 겨누고 들어온다.


형사 갑   コラツマテフ[이놈, 기다려라.]

형사 을   ウツゾ[쏜다.]

미조부치   (상수로 들어가 칼을 빼어 들고 나와) キルゾ[벤다.]

안중근    쏴라. (배와 가슴을 내밀고) 어서 쏴라. 총이 무
          섭고 칼이 무서운 안중근이 같으면 입때까지
          살아 있지를 않다. 어서 쏴라. 왜 못 쏘니?

형사 갑   (소리 지른다. 금방 쏠듯이) ウツゾ[쏜다.]

안중근    쏴라. (검사 앞으로 가서) 어서 베어라. 왜 들고

만 있니? 한 번 빼었으면 베어야 남아다. 남아
로 생겨나 죽음을 각오한 이상 무섭고 겁날 것
이 무엇이냐. 어서 베어라. 배를 가르든지 목
을 베든지 머리를 쏘든지 가슴을 쏘든지. 자,
마음대로 죽여라.

(대담하고 활발하게 앉는다.)

(크게) 죽여라.

미조부치　これは 大膽なやつな° 待て°[이건 대담한 녀석이
군. 기다려라.]


　형사 갑, 을 들었던 총을 내린다.


안중근　쏴라, 왜 못 쏘니, 이놈들아.

미조부치　안선생의 담력은 알았으니 그만 참으시고 일
어나시오. 쏘지도 않고 베지도 않을 테니.

안중근　(일어서며) 너희가 만일 이 자리에서 나를 죽인
다면 너희 일본은 개가죽을 쓴다. 신성한 법정
에서 사람을 죽이는 법이 어디 있니?

미조부치　안선생, 우리 점잖게 앉아서 이야기하십시다.

안중근　점잖게 앉아 말을 할 테니 먼저 내 동포를 끌
러주시오.

미조부치  네!

안중근  무슨 죄가 있다구 저렇게 묶어놓고 악독한 형
벌을 주우? 당신도 사람이면 사람다운 일을
하시우. 우리 대한 민족을 이렇게까지 학대할
게 무엇이오? (말끝에 피가 튄다.)

미조부치  바른 말을 아니하기 때문에 고문을 좀 한 것이오.

안중근  바른 말을 아니한다구 저렇게 가혹한 형벌을
주는 데가 어디 있소. 우리 대한 사람은 순진
한 백성이오. 거짓말할 줄은 모르오.

미조부치  이제 끌러놓을 테요.

안중근  어서 끌러놓아주시오. 죄는 내게 있소이다. 이
토를 죽인 사람은 나요. 저 사람에게는 아무
죄도 없소이다. 저 사람도 나 같은 친구를 두
기 때문에 애매하게 붙들려 왔소이다. 어서 끌
러놓으시오.

미조부치  끌러주시오. (형사 갑, 을에게)


형사 갑, 을 우덕순을 끌른다.


우덕순  (간신히 일어난다.)

안중근  (들어가서) 우형.

우덕순    안형. (손잡고 눈물을 흘린다.)

안중근    형님, 미안합니다. 용서하시우. 나 때문에 이
            고생을 하시는구려.

우덕순    아니요, 아니외다. 안형, 이까짓 것을 고생으
            로 안다면 남아의 뜻을 어찌 세우겠소.

미조부치    여기서는 사담하는 데가 아닙니다. 두 분께서
            사양 좀 하시지.

안중근    네, 미안합니다.

우덕순    안형, 부디 건강허우.

안중근    고맙소. 부디 건강허우.


   형사 갑, 을 우를 데리고 중앙으로 퇴장.


미조부치    (자기 자리에 와 앉는다.)

안중근    (와서 앉는다.)
            (검사를 보고) 나는 먼저 검찰관에게 할 말이
            있소.

미조부치    무슨 말이오?

안중근    나는 보통 죄인과 같이 취급을 받지 않겠소.

미조부치    네! 알았습니다.

안중근    나는 이토를 죽인 자객이나 범인이 아니라

우리나라와 일본국 사이에 전쟁을 하다가 불
행히 붙들린 포로로 생각하고 취조를 받겠소
이다.

미조부치   네! 당신은 그렇게 생각하시오.

안중근   물론이지요. 나는 나라를 위하여 끝까지 싸웠
소이다.

미조부치   네! 잘 알았소이다. 지금부터 공정한 법으로
신문을 할 터이니.

안중근   네!

미조부치   거짓말 말고 진정한 대답만 하시오.

안중근   네…….

미조부치   에! 그대는 안응칠이라고 부른다지?

안중근   고향에서는 안중근이, 블라디보스토크에 와서
는 안응칠이라고 불렀소.

미조부치   두 가지 이름을 가진 이유는?

안중근   이유는 아무 것도 없소.

미조부치   언제쯤 블라디보스토크로 들어왔는가?

안중근   3년 전이오.

미조부치   그동안 무엇을 했는가?

안중근   오직 나라를 바로잡으려고 여러 가지 일을 했소.

미조부치   군사를 거느리고 함경도로 간 일이 있는가?

안중근    있소.

미조부치    결과는?

안중근    대성공이오.

미조부치    일본군에게 참패를 당했다고 하던데.

안중근    지는 사람이 있어야 이기는 사람이 있을 것이오. 지는 나라가 있어야 이기는 나라가 있을 게 아닙니까?

미조부치    그럼 그대는 이겼다고 생각하는가?

안중근    나는 날마다 싸우고 있고 시시각각으로 싸우고 있으니까, 아직까지는 전쟁이 끝나지 않았소이다.

미조부치    어디서 어떻게 전쟁을 하는가?

안중근    내 마음으로 전쟁을 하고 지금도 이길 자신만 있소. 아무리 우리 군이 졌다 해도 언제든지 한 번은 이길 줄 믿소. 스코어를 보아도 10대 1은 있어도 10대 0으로 지는 스코어는 없을 것이오. 그러니까 열 번을 쓰러져도 한 번은 꼭 이길 자신이 있소.

미조부치    대단히 의지가 굳세군.

안중근    그것은 대한 사람의 마음이요, 기상일 것이오.

미조부치    종교는?

안중근    신천 살 때 천주교를 믿었소.

미조부치   집안이 다 믿었소?

안중근    그렇소.

미조부치   어떻게 천주교를 믿게 되었소?

안중근    불란서 사람 홍신부님을 모신 다음부터요.

미조부치   세례는 받았소?

안중근    네…… . 받았소.

미조부치   몇 살때요?

안중근    열일곱 살때요.

미조부치   고향에서는 의병대장 노릇을 했다지요?

안중근    네…… .

미조부치   왜 그만두었소?

안중근    일본놈 등살에 그만두었소.

미조부치   이곳에 와서 3년 동안 세운 목적이 무엇인지
          간단히 말해보시오.

안중근    내 나라 신청년을 어떻게 하면 교육을 잘 시키
          고 병법을 잘 가르칠까 하는 생각과, 하나는
          하루바삐 독립을 시키고 어떻게 하면 왜놈을
          내쫓을까 하는 생각이었소.

미조부치   국가사상은 언제부터 가지고 있었는가?

안중근    5년 전부터요.

미조부치   5년 전부터?

안중근   그렇소. 5개 조약이 맺어지고 다시 이토가 총
감으로 나와 황공하게도 우리나라 황제폐하
앞에 발인까지 하고 강제로 맺은 7개 조약 때
문이오.

미조부치   이토 공을 죽이려는 그 마음은 어디서 생겼
소?

안중근   이토는 천하에 죽일 놈이오. 우리 황실과 조정
을 탄압하고 2천만 동포를 속인 놈이오. 일본
천황을 속이고 우리나라를 집어먹은 놈이 이
토요.

미조부치   그대는 3년 동안 어디로 돌아다녔는가?

안중근   노에프스키烟秋, 파르티잔스크水靑, 허발구許
發構, 삼와크, 아지미, 시치미, 우수리스크小王
嶺 등지로 다녔습니다.

미조부치   거기는 전부가 러시아 령인가?

안중근   그렇소.

미조부치   그러면 매일같이 국가적 사상은 떠난 날이 없
는가?

안중근   나는 국권을 회복할 때까지 인내하고 고생을
달게 받을 결심을 하였소.

미조부치  음력으로 9월 13일, 하얼빈 역두에서 이토 공
　　　　　을 저격한 사실은 틀림없는가?

안중근  틀림없소. 그러나 나는 독립전쟁을 하였지, 저
　　　　격을 하지는 않았소. 나는 의병 참모중장으로
　　　　서 훌륭히 독립전쟁을 하였소. 독립전쟁을 하
　　　　여 이토를 죽였으니 나를 포로로 취급은 하여
　　　　도 개인범행으로 살인을 한 피고 하나로 취급
　　　　을 말아달라는 것이오.

미조부치  그 당시 몇 방을 쏘았소?

안중근  분명히 여섯 방을 쏘았소.

미조부치  이토 공을 알았소?

안중근  몰랐소이다.

미조부치  혹은 사진에도 본 일이 없소?

안중근  없소.

미조부치  그러면 모르고 어떻게 쏘았소?

안중근  그러니까 귀신이 곡을 할 일이지요. 내가 잘나
　　　　서 이토를 죽인 것이 아니라 우리 2천만 동포
　　　　가 모조리 그놈을 죽였으면 하고 노리던 놈이
　　　　맞았으니까. 이것은 눈을 감고 쏘았어도 이토
　　　　가 틀림없이 맞았을 것이오.

미조부치  우덕순이와 어떠한 관계가 있소?

안중근   아무 관계는 없소. 이번 일은 나 혼자 한 일이오.

미조부치   우덕순이와 밀약한 일이 없소?

안중근   나는 그 사람을 친구로 사귀었지, 이런 일을 의뢰하려고 본시부터 사귄 사람이 아니오. 그 사람 아무 죄도 없으니 하루바삐 놓아주시오.

미조부치   조도선과 연락은 없었소?

안중근   독립전쟁을 일으키는 내가 어리석게 누구에게 부탁을 하겠소? 이번 일은 절대 비밀에 부치고 나 혼자 한 일이오.

미조부치   피스톨은 분명히 안선생께서 받았다던데요.

안중근   아마 그 사람도 너무 악독한 형벌을 견디지 못하고 그런 거짓말을 한 모양이오.

미조부치   유동하와 관계는?

안중근   더 묻지 말아주시오. 이번 일은 나 혼자 한 일이오.

미조부치   정말이오?

안중근   여보, 검찰관. 내가 아무리 못난 위인이라도 자기 동지를 무엇 때문에 끌고 들어가겠소? 가령 약속한 일이 있어도 말을 아니할 텐데. 더군다나 전혀 약속 같은 것은 한 일도 없는데, 무엇이라고 대답하겠소?

미조부치 　그러나 우덕순은 분명히 이토 공을 같이 죽이
　　　　　 자고 약속하였다던데.

안중근 　그것은 오직 그 사람의 사상이요, 또한 마음이
　　　　　 겠지요. 나는 꿈에도 약속한 일이 없소.

미조부치 　분명히 약속한 일 없소?

안중근 　다짐을 받을 필요가 없지 않소? 이토를 죽인
　　　　　 의병중대장 안중근이가 있는 이상 그외에 전
　　　　　 쟁범죄자를 알 필요가 없지 않소?

미조부치 　채가구에서 우덕순이와 작별하고 스무닷샛날
　　　　　 하얼빈에 도착하였다지?

안중근 　그렇소.

미조부치 　우덕순이는 그때까지 무슨 일인 줄 알았소?

안중근 　내 가족이 오는 줄만 알고 영접을 하여줄 마음
　　　　　 이었지요.

미조부치 　하얼빈에 와서는 어디서 유숙했소?

안중근 　유동하와 먼 친척 일가가 된다는 김성백이 집
　　　　　 에서 잤소.

미조부치 　권총과 탄약은 어디서 준비했소?

안중근 　벌써 1년 전에 아라사 사람한테 샀소.

미조부치 　몇 개나 샀소?

안중근 　나도 한 사람이니까 권총도 꼭 한 자루밖에 안

샀소이다.

미조부치    다른 사람이 가진 권총은?

안중근      글쎄요. 나는 도무지 모르지요.

미조부치    김성백이 집에서 자고 정차장에는 몇 시쯤 나
　　　　　갔나?

안중근      아마 일곱 시 가량일 거요.

미조부치    무슨 옷을 입고?

안중근      지금 입은 이 옷대로 나갔소.

미조부치    권총은 어디다 넣고 나갔소?

안중근      포켓에 넣었소.

미조부치    일곱 시부터 아홉 시까지 어디서 무엇을 했
　　　　　소?

안중근      너무 경계가 엄숙하여 찻집에 들어가 차를 마
　　　　　시고 있었소.

미조부치    아홉 시에 도착이 된다는 것은 어떻게 알았
　　　　　소?

안중근      일본 사람들이 찻집에 들어와 말을 해서 알
　　　　　았소.

미조부치    차가 도착이 되려는 순간?

안중근      9시 30분 전에 정차장간 앞을 나가자니 노국
　　　　　헌병이 내 앞을 막고 총부리를 들이대며 막 신

체검사를 하려고 할 때, 마침 아는 사람을 만나서 무사히 위기를 벗어났소.

미조부치  아는 친구라면 누구란 말이오?

안중근  어느 신문사에 있다는데, 이름은 잘 기억할 수가 없소.

미조부치  그일을 결행하던 순간을 간단히 말해보시오.

안중근  네. 이토의 차가 막 들어와 닿자 음악대의 주악이 들리고 병정들이 경례를 하더군요. 마침 내 곁에 있는 일본 사람이 말을 하는데, 군복을 입은 사람은 노서아 사람이요, 모닝에 실크 햇을 쓴 사람이 이토라고 하기에 나는 그말을 듣고 노국 군대가 받들어 총을 하는 그 사이로 바짝 다가섰습니다. 정차장 앞에는 마차가 준비돼 있고 외국영사들이 모여서 인사들을 하는데, 정차장 문 앞으로 나서며 모자를 벗고 인사를 받는 늙은 신사가 보이기에, 저것이 이토가 틀림이 없겠지 하고 세 방을 연달아 쏘고, 또 그 다음에 2, 3인을 향하여 쏘았소. 그러나 그것은 이토를 놓칠까봐 쏜 것이지, 여러 사람을 다 죽일 목적으로 쏜 것이 아니오.

미조부치  그 다음엔……

안중근    대한독립 만세를 불렀소.

미조부치    왜 만세를 불렀소?

안중근    왜 만세를 부르다니요? 이게 무슨 섭섭한 말씀이오? 독립전쟁을 해서 이겼는데, 만세를 아니 불러요?

미조부치    이토 공이 죽은 것은 어떻게 알았소?

안중근    나를 잡은 노국 헌병에게 듣고 알았지요.

미조부치    그때 마음은?

안중근    너무 기뻐서 노국 헌병대로 끌려 들어가서 또 만세를 불렀지요.

미조부치    고향에서 가족이 왔는데 만나보려우?

안중근    나는 고향도 없고 가족도 없으니 만날 필요가 없지요.

미조부치    그렇지만 여기까지 찾아온 정성을 생각해서라도 좀 만나보지.

안중근    나에게 찾아올 가족이 없으니 만날 필요가 없소.

미조부치    부인이 찾아왔는데요.

안중근    아니오. 내 아내는 여기까지 찾아올 사람이 아니오. 남편을 생각하는 아내라면 찾아올 리가 없겠지요.

미조부치   분명히 그 아이는 그대의 아들이라고 말을 하
         던데요.

안중근    아니오. 천만에요. 검찰관께서 잘못 아셨습니다.

미조부치   잠깐 기다리시오.

         (서기를 보고) 그 부인과 어린아이를 들어오라
         고 하시오.

서기     (중앙으로 나간다.)

안중근    정말 나는 만날 사람이 없소.

미조부치   잠깐 기다리시오. 혹시 가족에게까지 무슨 불
         리한 일이 미칠까봐 염려되서 그러시우?

안중근    아니오. 나는 이 세상에 만날 사람이 하나도
         없소.

서기     (들어온다.)

부인     (들어온다.)

옥남     (들어온다.)


     안중근 앞으로 가까이 온다.


미조부치   여기 계시니 만나보시오.

부인     (운다.)

옥남     (운다.)

안중근  나를 언제 보았다고 찾아왔소? 나는 당신을
        한 번도 본 기억이 없는데요.

부인    죄송합니다. 용서하십시오.

안중근  제 아내는 분명히 고향에 있으리라고 믿습니
        다. 우리나라 며느리는 모두가 절개가 높은 여
        자라고 믿습니다. 시어머님을 봉양하고 애비
        없는 자식을 더 잘 길러주리라고 믿습니다. 이
        렇게 부질없는 길을 오리라고는 생각지 않습
        니다. 더군다나 어린 것에게 이 꼴을 보여주려
        고 올 리는 만무하다고 생각합니다.

부인    용서하십시오. 죄송합니다.

미조부치 얘, 아가. 이분이 너희 아버지냐? (딱 어른다.)

옥남    네……. (고개 끄덕끄덕)

안중근  (벌떡 일어서며) 에이 몹쓸 놈. 어린 것이 무엇
        을 안다고 물어보니? 이애는 지금 어려서 아
        무 것도 모르는 철없는 아이다. 가령 정말 내
        자식이라고 하더라도, 젖꼭지를 빨 때 집을 떠
        났으니 애비를 알아볼 리가 만무하지 않은가?
        더군다나 기를 펴고 자라지 못하는 것이 우리
        나라 불쌍한 어린 것들이다. 이애를 보고 너더
        러 아버지냐 물어보아도 족히 그렇다고 고갯

짓을 하고 대답을 할 게다. 여기까지 온 우리 나라 어린 것을 조금이라도 위협하거나 공갈하여 장차 씩씩하게 자라날 기상을 꺾지 말아다오.

미조부치 (힘없이 앉는다.)

안중근 어서 나를 데리고 나가시오.

미조부치 (눈짓)

간수 (와서 수갑 채운다.)

옥남 (운다.)

부인 (목이 메어 운다.)

안중근 (간수에게 끌려 나간다.)

옥남 (아버지를 보고 울다 못하여 부르고 싶은 아버지를 불러도 못 보고 외마디 소리로 느껴가며 크게 엄마, 엄마 느껴 운다.)

부인 (옥남 안고 울며 나간다.)


—첫 막 고요히 끝—

## 후편 제 2막
## 나오는 인물

안중근 32세
조도선 38세
우덕순 31세
유동하 19세
眞鍋 재판장 45세
미조부치 검찰관
미즈노水野 변호사
와타나베渡邊 법원서기 23세
통감부 통역 35세
안정근 29세
간수 A 30세
간수 B 25세

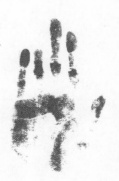

# 제 2 막

관동도독부 지방법원.

메이지 43년 2월 7일 오전 10시 개정, 동년 동월 14일 판결 언도할 때까지 전부를 다 소개합니다.

좀 무리라고 생각합니다만, 극의 요소와 극의 성능을 놓치지 않고 박력을 보여드리려고 한 막에 전개시키는 것이오니, 심량深量하시오.

보통 법정이 아니고 좀 이상한 점은, 재판장이 중앙으로 높이 앉고 서기가 상수로 앉고 하수로 통역이 앉고 검사가 하수 쪽에 비스듬히 앉았다. 건물은 물론 양식이나 중국풍, 노국풍이 약간 보였으면 더 효과적이겠다. 상·하수로 기자석, 변호사석, 중앙에는 피고가 앉는 장의자가 놓였다.

막이 열리면, 공판은 처음부터가 아니라 속계중이다. 상수

로 미즈노 변호사가 앉았고 중앙의 의자에는 안중근, 우덕순,
조도선이 앉았다. 모두 죄수복을 입었다.

　유동하는 막 재판장 앞에 섰다.

　간수가 두 명 상·하수로 죄수를 호위하고 앉았다. 객석으
로 방청석이라고 가정한다면, 안의사의 아우 정근이가 착석
하였다.


재판장　공정한 법률에 기준하여 다시 묻는 말인데, 안
　　　　중근이와 블라디보스토크를 떠날 때 어떠한
　　　　약속을 하였던가?

　　　　(유동하를 보고 추궁한다.)

유동하　나는 누누이 말씀한 바도 있지만 안중근이와
　　　　별로 약속 같은 것은 한 일이 없소이다.

재판장　그러면 그 목적만은 알았는가?

유동하　어떠한 목적을 말씀하시는지요?

재판장　안중근이가 이토 공을 암살하려던 목적.

유동하　그것은 남의 속에 든 비밀이라, 나는 그러한
　　　　것을 전혀 알지 못하였습니다.

재판장　그러면 협력할 의사는 있었는가?

유동하　협력이란 것은 어떠한 일에든지 목표가 있어
　　　　야 협력이 따를 것입니다. 목표도 없이 지정

한 일이 없이 협력은 도저히 따르지 못할 것입니다.

재판장  만일 이토 공을 죽이려는 기획을 알았다면?

유동하  그 당시 나의 심리가 어떻게 돌아갔을는지 모르지요.

재판장  어째서 자기의 심리를 모르는가?

유동하  현재가 아닌 과거니까, 그 당시 심리를 모를 수밖에 더 있습니까?

재판장  조도선이와는 무슨 밀약을 하였는가?

유동하  나는 조도선이를 한 친구로 정당하게 사귀었을 뿐입니다. 똑바른 양심을 가진 사람과 사람 사이에 밀약이 있을 리 만무하다고 생각합니다.

재판장  우덕순이에게는 무슨 부탁을 받았는가?

유동하  나는 심부름꾼이 아닙니다. 또한 우선생은 나에게 무엇이고 부탁할 만한 교분이 없었습니다.

재판장  그러면 그렇게 사이가 친밀치 못하였나?

유동하  네…….

재판장  안중근이와는?

유동하  평소에 늘 스승으로 섬겨왔습니다.

재판장  무엇을 가르쳐서 스승으로 섬겼는가?

유동하  특별히 가르치신 것도 없고 배운 것도 없습
　　　　니다.

재판장  그런데 왜 스승으로 선생으로 섬겼느냐 말
　　　　이야.

유동하  그것은 오직 그의 인격을 존중하기 때문이올
　　　　시다.

재판장  그 사람의 인격이 훌륭하다는 것은 무엇으로
　　　　보증하는가?

유동하  오늘에 있어 그 선생은 애석하게도 전중이 옷
　　　　을 입고 피고가 되어 있지만, 다른 일은 다 그
　　　　만두고라도, 나라를 위하여 민족을 위하여 최
　　　　후까지 싸우신 그 인격만 살펴보아도 참으로
　　　　훌륭하고 거룩합니다.

재판장  이토 공을 죽인 것이 그렇게 훌륭하다는 말인
　　　　가?

유동하  사람은 다 누구나 욕망이 있어 피도 흘리고 생
　　　　명까지도 버립니다. 그러나 안선생은 오직 나
　　　　라를 위하고 동포를 위하여 의인이 되시었으
　　　　니, 그 이상 더 훌륭한 인격을 어디 가 찾아보
　　　　겠습니까?

재판장  피고는 안중근을 숭배하는가?

유동하　물론입니다. 마음으로 존경하고 숭배합니다. 이것은 피고뿐만이 아니겠지요. 우리 2천만 동포의 총의라고 생각합니다.

재판장　알았어. 나가 앉아.

유동하　네……. (나와 앉는다.)

재판장　(서기를 보고)

　　　　(속으로 말한다.)

서기　(고개를 젖히고 일어서 부른다.) 조도선.

조도선　(재판장 앞으로 나와 선다.)

재판장　피고는 여러 번 계속하여 사실심리를 하였는데, 오늘은 피고의 양심대로 바른 말을 해주기 바라노라.

조도선　네……. (고개 숙인다.)

재판장　안중근이가 작년 10월 25일에 채가구를 떠나 하얼빈으로 올 때 피고에게 부탁한 말이 있다는데, 무슨 말을 그 당시 하였는가?

조도선　그 당시 별로 부탁한 말은 아무 것도 없었습니다.

재판장　그러면 그대로 떠났던가?

조도선　여비가 좀 부족이 될 듯하여서 여비를 좀 돌려 가지고 온다는 말을 하고 떠났습니다.

재판장   그 당시 안중근이 몸의 흉기를 지니고 있는
        것을 몰랐던가?

조도선   몰랐습니다.

재판장   한 방에 있으면서 어쩌 몰랐나?

조도선   아무리 한 방에 있어도 그 사람의 소지품을 뒤
        져보기 전에야 어떻게 알겠습니까?

재판장   피고는 1년 전에 권총을 노령에서 샀다고 하
        는데 어디서 어떠한 방법으로 샀는가?

조도선   아라사 사람이 권총을 판다기에 호신용으로
        샀습니다.

재판장   무엇에 쓰려고?

조도선   늘 국경을 넘어다니니까 호신용으로 샀습니다.

재판장   사용할 목적 없이?

조도선   만일을 염려하고 위기일발인 경우에 사용하려
        구요.

재판장   위기일발이라는 것은 어떠한 경우를 말함인
        가?

조도선   내 목숨이 가장 위태한 경우를 말하는 것입
        니다.

재판장   그 권총을 아라사 사람에게 사오면 주소나 이
        름 같은 것을 적어둔 일이 있는가?

조도선    없습니다.

재판장    탄알은 몇 방이 들어 있었나?

조도선    글쎄올시다. 아마 7, 8방 들어 있었으리라고
         생각합니다.

재판장    탄알은 십자형이었지?

조도선    네…….

재판장    어째서 십자형 탄알을 준비했나?

조도선    그 때 살 적에 그 탄알까지 사게 된 것이지, 별
         로 십자형 탄알을 준비한 일은 없습니다.

재판장    거짓말.

조도선    아닙니다. 거짓말을 할 리가 있습니까?

재판장    그러나 검찰관 취조서를 보면, 안중근이가 분
         명히 권총과 탄알을 주었다고 조서에 나왔는
         데?

조도선    그럴 수밖에 더 있습니까? 차라리 사람을 죽
         이는 것이 낫지, 죽음보다 더 심한 형벌을 주
         며 자꾸 안선생께 받았다고 말을 하랍니다 그
         려. 그러니 어쩔 수 없이 거짓말로 받았다고
         말을 할 수밖에 더 있습니까?

재판장    그러면 정말 그 권총과 탄알은 안중근이에게
         서 받은 것이 아니란 말이지?

조도선    네…….

재판장    안중근이가 채가구를 떠난 다음, 우덕순이와
는 무슨 밀약을 하였는가?

조도선    나는 밀약 같은 것은 한 일이 전혀 없습니다.

재판장    우덕순이가 피고에게 무슨 말을 한 일이 있
나?

조도선    아무 말도 한 일이 없습니다.

재판장    그러면 무슨 목적으로 채가구까지 갔나?

조도선    안선생의 가족이 오신다고 하여서 마중을 갔
습니다.

재판장    이토 공을 죽이려던 그 기획을 도무지 몰랐단
말이지?

조도선    도무지 몰랐습니다. 만일 나로서 알았더라면
물론 조력을 했을 것입니다.

재판장    모르기 때문에 활동을 못하였다는 말인가?

조도선    그야 물론입지요. 우리나라를 집어먹은 원수
를 만난 이상 그냥 둘 리가 있습니까?

재판장    피고도 역시 이토 공을 원수로 아는가?

조도선    그것은 물어볼 필요가 없지 않습니까? 우리나
라가 이몸을 낳아주고 이몸을 키워주었다면
남아로 태어나 한 번 죽지 두 번 죽겠습니까?

나라를 위하여 원수를 갚는 것이 떳떳한 일이
겠습지요.

재판장　채가구에서는 어느 날 붙잡혔나?

조도선　바로 안선생이 이토를 죽이던 날 12시 가량 해
　　　　서 붙잡혔습니다.

재판장　노국 헌병에게?

조도선　네…….

재판장　무슨 일로 붙잡힌 줄 알았나?

조도선　모르지요. 영문 모르고 붙들렸으니까요.

재판장　피고는 정말 안중근이와 밀약한 일이 없는가?

조도선　없습니다.

재판장　피고는 아무 죄도 없이 친구를 잘못 사귀어 그
　　　　만 이러한 사건에 관련이 된 것을 억울하게 생
　　　　각지 않는가?

조도선　오히려 대한 사람의 영광으로 생각합니다.

재판장　대한 사람의 영광이라니?

조도선　이 몸이 대한이란 나라에 태어났으나 이러한
　　　　고생을 맛봅니다. 일본 놈들은 열 번을 죽었다
　　　　다시 살아도 이런 고생을 못해볼 것이요, 우리
　　　　나라가 아니면 안중근이와 같은 천하의 영웅
　　　　을 낳지 못하였을 것이니, 이것이 영광 아니고

무엇이겠습니까?

재판장   알았으니 저리 물러가 있어.

조도선   네…….

재판장   (서기를 보고 우덕순을 부르라고 한다.)

서기   (일어서서 부른다.) 우덕순.

조도선   (물러가 피고석에 앉고)

우덕순   (와서 재판장 앞에 선다.)

재판장   피고는 전연 안중근이와 결의한 일이 없다니 사실인가?

우덕순   재판장, 사람에게 가장 귀한 것은, 즉 의기입 니다. 의기란 무엇이겠습니까? 의를 보고는 목숨을 아끼지 않는 것이 바로 의기입니다. 나 는 본시부터 내 목숨을 내 것으로 알지 않고 언제든지 의를 위하여서는 기쁘고 힘 있게 뛰 어나가 죽을 것을 맹세하고 있었습니다. 오늘 날 내가 한 일은 기다리고 바라던 그 의가 나 를 부르기 때문에 뛰어나왔습니다.

재판장   그러면 의기를 위하여서는 끝까지 굽히지 않 겠단 말인가?

우덕순   다시 더 묻지 말아주십시오. 검찰관 취조실에 서도 별별 고문을 다 당해가면서도 대답한 말이 그 취조서에 명백히 있지 않습니까?

재판장 안중근이가 부탁한 일은 무엇인가?

우덕순 아무 것도 없습니다. 나는 지금 이 자리에서 하고 싶은 말을 다 못합니다. 고국에 있는 젊은 형제와 자매를 생각할 때, 나는 울분하고 비장하여 더 말하고 싶지 않습니다.

재판장 그것은 무슨 생각일꼬?

우덕순 우리의 젊은 형제자매들은 앞으로 할 일이 많으리라고 생각합니다. 내가 한 번 의기를 꺾인다면 대한 사람 전체의 의기가 꺾이는 것이요, 내가 한 번 의기를 분발한다면 대한 사람 전체의 의기가 분발될 것입니다. 우리나라 젊은 형제와 자매들 머리 위에는 무지개와 같은 의기가 뻗을 것을 나는 기쁘게 보고 있습니다. 그 반면에 한 가지 슬픈 것은, 나이를 먹을수록 나의 의기는 점점 스러지는 것을 슬퍼합니다.

재판장 피고는 그러한 의인이 되고 싶은가?

우덕순 나 같은 인물은 의인이 되고자 바라지도 않고 또한 의인이 되려고 생각지도 않습니다. 그러나 의인이 흘리는 피와 눈물은 결코 스러지지 않을 것을 약속합니다.

재판장  의인이 흘리는 피와 눈물은 어떠한 것을 가리 키는 말인가?

우덕순  즉, 안중근이와 같은 의열의 영웅을 가리키는 말입니다.

재판장  의를 그렇게 존중하는가?

우덕순  의인의 씨는 결코 쓰러지지 않습니다. 세계의 어느 구석에 가든지 부끄럽지 않은 자취가 곧 의인이 밟은 자취일 것입니다.

재판장  피고는 의를 위하여 죽을 각오를 하는가?

우덕순  물론입니다. 남아는 죽을 때 죽어야 남아입니 다. 죽을 때 죽지 못하고 살기를 바라는 자는 남아가 아니라 비겁자라고 봅니다.

재판장  의를 위하여 살고 죽는다는 것은 아름다운 말 이나, 양심을 속이는 것은 의인의 수치가 아닐 까?

우덕순  양심을 속여요? 누가 양심을 속입니까? 우리 대한 사람은 자고로 요순적 백성이라 순진하 기 짝이 없습니다. 이토 같은 놈은 우리를 속 여서 삼천 리 강토를 곱게 빼앗았지만 우리 대 한 사람은 거짓말하는 법이 없소.

재판장  그러면 어째서 안중근이가 시켜서 한 일을 부

인하는가?

우덕순 재판장, 그 어리석은 말은 작작 하시오. 의를
위하여 살고 죽는 사람이 남의 심부름을 하는
줄 아시오? 제 맘에 있는 일이면 열 번 목이
부러져도 하고 제 마음에 없는 일이라면 천하
를 다 준대도 안하는 것이 곧 의인의 밟는 길
입니다.

재판장 그러면 피고는 끝까지 자기가 하고 싶어 한 일
이란 말인가?

우덕순 그렇습니다. 내가 하고 싶던 일, 평생 마음에
먹었던 일입니다.

재판장 그러면 채가구에서 만일 피고에게 자유가 있
었다면, 그 당시 결행을 하였단 말인가?

우덕순 그렇습니다. 이토를 내 손으로 못 죽인 것이
한이오.

재판장 이토 공을 무엇 때문에 그렇게 원수같이 생각
하였는가?

우덕순 메이지 39년에 이토가 우리나라 통감으로 부
임을 해와서 일본 천황을 속이고 우리 한국 신
민을 속이고 우리 폐하 앞에 칼까지 뽑아 위협
을 하며 5개 조약과 7개 조약으로 맺어질 때,

나뿐만 아니라 우리 2천만 동포는 모조리 이
토에 대한 천추의 원한을 품게 되었소이다.

재판장     어저께 안중근이를 심리할 때, 자기는 의병으
로서 독립전쟁을 하였다고 끝까지 말을 하였
는데, 피고도 의병의 한 사람으로 들어왔는
가?

우덕순     나는 의병은 아니오. 의병 노릇을 못하였소이
다. 그러나 블라디보스토크에 들어와 의병을
기른 일은 있소.

재판장     그러면 안중근이가 함경도 방면으로 일병을
치러 나갈 때 협력한 일은 있는가?

우덕순     나는 바빠서 가지 못하고 안형에게 부탁하며
내가 키운 군사를 모조리 맡겼습니다.

재판장     피고는 채가구에서 노국 헌병에게 체포가 되
었다지?

우덕순     네…….

재판장     몇 시쯤?

우덕순     아마 열한 시가 지났으리라고 생각합니다.

재판장     그 때 노국 헌병은 피고에게 무슨 말을 물었는
가?

우덕순     하얼빈 역두에서 일본대관을 한국인이 죽였으

므로 한국인은 모조리 붙든다는 명령이 있어
체포한 것이라고 말을 하였습니다.

재판장  그 다음엔?

우덕순  내가 권총을 가지고 있기 때문에 더군다나 의
심이 난다고 말하였습니다.

재판장  (권총을 꺼내서 보이며) 이것이 피고가 가졌던
권총인가?

우덕순  (좀 쳐다보고) 네, 틀림없습니다.

재판장  (탄알을 보이며) 탄알은?

우덕순  틀림없습니다.

재판장  권총은 어디서 준비하였나?

우덕순  나는 노령으로 들어올 때 샀습니다.

재판장  무슨 목적으로?

우덕순  미운 놈을 죽이려구요.

재판장  미운 놈이라면?

우덕순  우리를 못살게 구는 놈 말입니다.

재판장  (또다시 서한을 꺼내어서) 피고는 이런 글을 지
은 일이 있는가?

우덕순  네, 있습니다. (들여다보고)

재판장  피고가 한번 읽으라.

우덕순  (읽는다.)

만났도다, 만났도다. 원수 너를 만났도다.

너를 한번 만나려고 수륙으로 기만 리를 천신만고 거듭하여 가시성을 더듬었다.

혹은 윤선 혹은 화차 노국, 청국 방황하며 하나님께 절을 하고 예수께 기도를 넣어 극동방 돌출한 우리 대한제국을 제발이지 살리시고 구해주소서.

우리 민족 2천만을 종을 만들고 금수강산 삼천 리를 소리 없이 집어먹은 늙은 역적 이토는 내 손으로 잡아야지.

듣고 보니 네 수단은 교활하고 교묘하여 안벽 치고 밭벽 쳐서 남의 나라 또 먹으려고 생쥐같이 생긴 늙은 역적.

이토, 이놈아, 우리나라 갑오독립 을사조약을 너는 너는 잊지 않고 기억하리라.

네 이놈, 이토야. 네 죄를 생각하면은 내 손에 죽는 것을 한을 말아라. 2천만의 원한을 서리서리 풀어서 네 놈의 간을 씹어 먹겠다.

이제부터 시작하여 한 놈, 두 놈, 세 놈, 네 놈. 보는 대로 너희 나라 4천만을 모조리 죽이겠다.

우리나라 원수를 모조리 갚고 나면 국권을
회복하고 부국강민 되고 지고.

2천만 한데 뭉쳐 일치단결된다면 용감할손
우리 민족 장엄하다.

우리 기상 세계열강 부럽지 않고. 우리대로
살고 지고.

자유로세, 복일러라. 우리나라 만만세.


우수산인禹愁散人

(우수산인禹愁散人은, 즉 우덕순 씨가 지은 글. 우수
산인은 언제든지 걱정근심을 늘 헤치신다는 의미.)


우덕순은 기쁘고 통쾌하게 읽고 나서 섰다.


우덕순  다 읽었습니다.

재판장  무슨 의미로 그 글을 지었는가?

우덕순  재판장께서는 글을 읽어 바쳐도 글의 의미를
모르신다면 나는 더 할 말이 없소이다.

재판장  피고는 정말 그러한 마음이 있는가?

우덕순  더 묻지 말아주십시오. 글이란 애당초에 마음
에 없는 글은 써지지도 않고 지어지지도 않습

니다.

재판장   일본 사람을 모조리 죽일 의지가 있는가?

우덕순   내 나라 동포가 학대받고 설움 받는 일을 생각
하면, 오늘이라도 일본이 망하여 콩가루가 되
는 것을 보고 싶습니다.

재판장   일본이 망하여 콩가루?

우덕순   네…….

재판장   왜 하필 콩가루 되기를 바라는가?

우덕순   고소하게 떡에 묻혀 먹으려구요.

재판장   피고는 자기 자신에게 불리한 말인 줄 모르고
하는가?

우덕순   내 자신에게 이익이 돌아온다면 무슨 그렇게
큰 이익이 있겠습니까? 더욱이, 나는 나 자신
을 위하여 살 맘은 털끝 만치도 없으니 마음대
로 처리해주시오.

재판장   피고는 신성한 법정에 나서 일본을 모욕하는
언행은 삼갈 필요가 있지 않은가?

우덕순   나는 정당한 말을 했을 뿐입니다. 꿈에도 일본
을 모욕한 일은 없습니다.

재판장   지금까지 한 말은 순전히 일본을 모욕한 말이
아니고 무엇인가?

우덕순     천만에요. 나는 내 마음에 먹은 말을 다 했을
          뿐입니다.

재판장     피고는 그렇게까지 일본을 원수로 생각하는
          가?

우덕순     일본 때문에 못살게 되고 일본 때문에 내쫓긴
          몸이니 생각해보십시오.

재판장     피고는 다시 한번 마음을 가다듬고 고향으로
          돌아갈 의사는 없는가?

우덕순     나라 없는 몸이 고향이 어디 있습니까? 오늘
          이라도 우리나라가 독립이 된다면 기쁘게 뛰
          어가겠습니다.

재판장     평소에 피고의 성행은 얌전하다고 보았는데,
          오늘은 왜 이렇게 과격한 말을 하는가?

우덕순     내 몸은 괴로울 대로 괴롭고 마음은 곪을 대로
          곪아 터질 지경입니다.

재판장     결국 안중근이와는 아무 관련이 없다는 말인
          가?

우덕순     그렇습니다.

재판장     저리 물러가 앉아.

우덕순     네…….(나와 앉는다.)

재판장     (좀 사이를 두었다가 자기가 스스로 부른다.) 안중근.

안중근  (일어서 재판장 앞으로 간다.)

재판장  피고는 한국을 독립시키고 동양의 평화를 유지하려고 이토 공을 죽였다는 것이 사실인가?

안중근  네…….

재판장  (태극에 혈서 쓴 것을 내놓고) 이것이 이른바 열두 동지가 손가락을 잘라 쓴 것인가?

안중근  네…….

재판장  혈서는 누가 썼나?

안중근  다 같이 썼소.

재판장  그 동지들의 이름은 대개 기억하는가?

안중근  네…….

재판장  누구누군가?

안중근  부를 테니 적으십쇼.

　　　　김기룡金其龍, 유도자劉到玆, 박봉석朴鳳錫, 백낙금白樂金, 강기순姜基順, 강두찬姜斗瓚, 황길병黃吉炳, 김백춘金伯春, 김춘화金春華, 장석주張錫疇, 이동렬李東烈, 안중근이오.

재판장  열두 동지가 비밀결사를 조직한 데가 노에프스키라지?

안중근  네…….

재판장  대한독립을 시킬 의사가 있어서 썼는가?

안중근  손가락을 깨물어 혈서까지 쓸 적에야 여간한
        마음이 아니겠지요.

재판장  피고는 특파 독립대원으로 들어왔다니 그것이
        사실인가?

안중근  네…….

재판장  그 임무를 다하기 위하여 이토 공을 죽였는
        가?

안중근  나에게 만일 병력만 있었다면 언제 하얼빈까
        지 올 때를 기다리고 있었겠습니까. 벌써 쓰시
        마 해협까지 가서 이토가 탄 배를 침몰시켰겠
        지요.

재판장  의병을 총지휘하고 있는 사람은 누군가?

안중근  김두성金斗星 선생입니다.

재판장  김두성이 어디 사람인데?

안중근  강원도 사람인데 지금은 주소를 잘 모르겠습
        니다.

재판장  그 다음으로 의병 중에도 간부 되는 사람이 있
        을 테지?

안중근  있구 말구요, 팔도에 다 있습니다.

재판장  대개 어떠한 인물인가?

안중근  그야말로 피 끓는 지사는 다 모였습니다. 허와

許蔿, 이강영李康英, 민지호閔旨鎬, 이범도李範道, 이범윤李範允, 이운찬李運瓚, 신돌석申乭錫 씨 등 유명한 분들이 팔도각지에서 의병을 지휘하고 있습니다.

재판장 피고는 단순히 특파원으로서 하얼빈까지 왔는가?

안중근 아니오. 노령 및 청국 안에 의병 사령관이란 임명을 받고 들어왔습니다.

재판장 그러면 피고는 한국에서 유명한 이석산李錫山이를 아는가?

안중근 알구 말구요. 이석산 씨는 황해도에 유명한 분으로 지금 의병 소장으로 계십니다.

재판장 블라디보스토크에도 왔다 간 일이 있다지?

안중근 네…… . 그 어느 해 가을인가 잠깐 다녀가신 일이 있습니다.

재판장 피고는 유동하에게 어떠한 관련이 있는가?

안중근 유동하 군은 나이 어릴 뿐만 아니라 사귄 지도 얼마 안 되어 무슨 일을 믿고 부탁할 만한 믿음을 가지지 않았습니다. 정말이지 유동하만은 애매한 사람입니다.

재판장 조도선은?

안중근   조도선이도 별로 의를 맺을 만한 신념이 적기
        때문에 나는 아무것도 부탁한 일이 전연 없습
        니다.

재판장   우덕순은?

안중근   역시 우덕순이도 그렇게 내가 믿었던 동지는
        아닙니다. 만일 이토를 내 손으로 죽였다면 나
        는 이긴 사람이요, 이토는 진 사람이니까. 나
        에 대한 말만 물어주시오.

재판장   (권총을 꺼내 보이며) 이것이 그 당시에 사용한
        권총이 틀림없는가?

안중근   (받아 보며) 네⋯⋯. 틀림없습니다. 7연발 브라
        우닝 식, 탄알은 모두 십자형입니다.

재판장   왜 탄알은 모두 십자형만 들었나?

안중근   가슴에 들어가 박히면 퍼져서 빼래야 빼지 못
        하고 죽게 만드는 것이오.

재판장   피고는 그 당시 칼도 한 자루 가지고 있었다
        지?

안중근   네, 가지고 있었습니다.

재판장   탄알이 없으면 칼로 찌르려고 칼까지 준비했
        던가?

안중근   아니오, 그까짓 작은 칼을 가지고 무엇을 하게요.

재판장 　그러면 잡히게 되면 자살할 의사로 준비했던
　　　　가?

안중근 　자살을 해요? (통쾌하게 웃는다.) 하……. 나는
　　　　죽을 마음은 털끝 만치도 없소이다. 그까짓 이
　　　　토 하나를 죽였다고 자살을 해요? 나는 아직
　　　　도 할 일이 얼마든지 있소이다.

재판장 　피고가 하고 싶은 일은 무엇인가?

안중근 　나라를 찾고 나라를 다시 세우는 일입니다.

재판장 　그것이 그렇게 쉬운 일이라고 생각하는가?

안중근 　나는 불행한 동포를 구하기에 내 목숨을 바치
　　　　겠습니다.

재판장 　피고는 죽기를 소원하는가?

안중근 　사람이란 반드시 한 번은 다 같이 죽을 목숨이
　　　　아니요? 나는 내 몸의 영화와 안락을 위하여
　　　　살아온 사람은 아니외다. 예수께서 말씀하시
　　　　기를 십자가에 매달려서 "이제는 다 이루었
　　　　다" 하시는 말씀이 최후의 개선가가 아니고
　　　　무엇입니까? 나는 죽기를 겁내지 않소.

재판장 　피고는 의병 참모중장으로 하얼빈 역두에서
　　　　독립전쟁을 하였다고 말을 했지?

안중근 　그렇소. 나는 마침내 이긴 사람이오. 지금 심

판을 받는 것도 살인죄나 혹은 하나의 피고로
서 심문을 받는 것은 결코 아니요, 나는 적병
에게 불행히 포로로 잡혀와서 질문을 받는 형
식으로 인정하고 있소.

재판장  우덕순이나 조도선, 유동하와는 아무 밀약한
것이 없단 말이지?

안중근  그 사람들은 정말 죄 없는 순진한 사람들이오.
이토를 죽인 포로로는 내가 있으니, 어서 죄
없는 사람을 내놓아주시오.

재판장  피고에게 조용히 묻는 말인데, 이토를 죽인 피
고의 양심은 어떠한가?

안중근  재판장, 검찰관, 서기, 통역관, 변호사. 나는
피고가 아니라 포로니까 포로의 말을 똑바로
들으시오. 내 양심을 묻기 전에 먼저 일본은
나를 가장 큰 은인이라고 생각해주시오. 그것
은 왜 그러냐 하면, 일본의 인구가 4천만이라
고 하지만 일본 천지에는 나만한 인물이 없소.
당신네는 생각 못하시오? 잊어버렸소? 이토
가 메이지 천황의 아버지 코메이孝明 천황을
죽이지 않았소?

재판장  중지.

안중근  내 말의 언권을 막는 자는 누구요? 내 자신을 구속하는 놈이 누구요? 나는 코메이 천황을 죽인 원수를 갚았으니 일본에 큰 은인이오. 메이지 천황에게는 따뜻한 은혜를 베푼 사람이오. 일본에는 4천만 인구가 있어도 코메이 천황을 죽인 이토를 영걸이라고 내세웠소. 나는 대한 사람으로서 이토를 죽였소.

재판장  중지.

안중근  아니오. 중지 못하겠소. 내가 하고 싶은 말은 다 하겠소. 메이지 천황은 아버지를 죽인 원수인 줄 알면서도 이토를 살려둔 것은 무엇 때문이오. 나라를 바로잡고 나라일을 도왔다고……? 그러나 메이지 천황이 이토를 만날 때는 직접 면담을 하지 못하고 발 속에 숨어앉아 말을 하지 않았소? 아버지를 죽인 원수이기 때문에……. 이토는 코메이 천황을 죽인 놈이오. 또 다른 나라를 집어먹으려는 무서운 도적이오. 이러한 이토를 죽인 안중근이를 무슨 죄가 있다고 포로로 잡아왔소?

재판장  조용하고 말을 중지하라.

안중근  내가 하고 싶은 말은 다 하였소이다.

재판장   이제부터 사실심리에 상위相違 없는 대답만
       해주기 바라노라.

안중근   네…….

재판장   쓸데없는 말은 다시 하지 마라.

안중근   네…….

재판장   이토 공은 처음에 어떻게 알고 쏘았는가?

안중근   나이가 제일 많은 신사니까, 이토같이 보여서
       쏘았소.

재판장   몇 방이냐?

안중근   세 방을 연달아 쏘았소.

재판장   얼마나 먼 거리에서?

안중근   아마 한 십 보 되는 거리라고 생각이 드오.

재판장   그러면 내가 지금부터 말을 할 테니 자세히
       들어.

안중근   네…….

재판장   이토는, 코야마 박사가 상처를 감정한 결과,
       첫 방은 오른편 팔을 맞고 폐 있는 쪽으로 관
       통하였고, 둘째 방은 왼편 하복부를 맞아 대장
       이 뚫리고, 셋째 방은 중앙 가슴노리가 맞아서
       심장을 뚫고 나갔으므로 너무도 출혈이 심해
       서 약 3분 만에 절명이 되고 말았다.

안중근　(답무)

재판장　그 다음 하야시 비서관은, 의사의 감정서를 보면, 왼쪽 팔을 맞고 관도貫道하여 약 2개월간 치료받을 중상을 받았어.

안중근　(답무)

재판장　그 다음 하얼빈 영사 가와카미 씨는, 군의정이 감정한 결과, 탄알이 오른편 팔에 맞고 꿰뚫어 뼈는 으스러지고 가슴노리를 뚫고 들어와 약 3개월 간 치료를 받을 중상이었어.

안중근　(답무)

재판장　다나카 만철이사는, 오미尾見 박사 감정서에 의하여, 왼쪽 장딴지를 맞아 탄알이 복숭아뼈까지 들어가 박혀 그것을 수술하고 완치하자면 적어도 3개월 이상 시일을 요한다고 했어.

안중근　(답무)

재판장　피고는 이러한 범행을 하고도 정당하다고 바로 생각하는가?

안중근　나는 피고가 아니라 포로요. 이토는 물론 죽이려고 목적한 인물이니까 아무 유감이 없지만, 그외에 중상을 받았다는 인물은 매우 가엾이 생각하오.

재판장   피고는 어떻게 생각을 하는가?

안중근   무엇을 말이오?

재판장   뉘우치는 마음이 없는가?

안중근   (답무)

재판장   이것으로 사실심리가 끝났다고 보겠는데, 피
        고는 범행을 자백하고 동지를 구해줄 생각이
        없는가?

안중근   (답무)

재판장   피고가 독립전쟁이 아니고 개인자객으로 이
        토를 죽였다면, 피고도 무사히 살아 나갈 수가
        있어.

안중근   (답무)

재판장   공연히 나라만을 팔지 말고 불쌍한 동지를 다
        구해줄 마음으로 피고는 모든 일에 순종하지.

안중근   (답무)

재판장   피고가 모든 일을 뉘우치고 회개한다면, 피고
        자신부터 살아날 수가 있어.

안중근   (답무)

재판장   광명한 천지도 다시 보고 고향으로 돌아가 부
        모처자도 만나보아야지.

안중근   (답무)

재판장   신성하고 공정한 법률은 사람을 죽이는 것이
        목적이 아니라, 죄의 유무를 밝히는 것이 즉
        법률이야.

안중근   (답무)

재판장   피고 자신보다도 동지들이 더 불쌍하지 않은
        가?

안중근   (답무)

재판장   피고도 마음 속에 더운 피가 흐른다면 인정도
        있고 눈물도 있을 것이 아닌가?


        방청석 중앙 관객석에서 정근 일어선다.


안정근   형님, 정신을 차리십시오. 사탕발림에 속아 넘
        어가지 마십쇼. 이토가 사탕발림시켜서 나라
        를 집어먹듯이 재판장도 형님을 알농을 쳐 대
        한의 절개를 꺾고 대의를 거스르게 하려는 간
        사한 수단입니다. 형님, 정신 차리십쇼.

재판장   (방청석을 향하여) 그대는 누군가?

안정근   나는 안중근의 동생 안정근입니다.

재판장   방청석에서 말할 자유가 없으니 중지하라.

안정근   재판장.

　　　　　(부르고 무대로 올라와서) 나는 형님을 위하여
　　　　　온 길이 아니라, 우리 민족을 대표하여 왔습니
　　　　　다. 그러나 우리나라 변호사는 퇴출명령을 놓
　　　　　고 변론할 자격이 없다고 말을 하였지요.

재판장　　여기는 오직 일본 법률로 죄인을 다스리는 신
　　　　　성한 법정이니, 한국인은 빨리 퇴정하라.

안정근　　여기가 신성한 법정이요? 일본 법률만 가지고
　　　　　죄를 다스린다면, 한국인을 피고로 취급할 권
　　　　　리가 없지 않소? 내 형님을 내놓아주시오.

재판장　　어서 나가.

안중근　　정근아.

안정근　　형님. (눈물이 흐른다.)

안중근　　우리 변호사가 여기까지 왔니?

안정근　　……네. 우리 전 민족을 대표하여 여기까지 왔
　　　　　습니다.

안중근　　그런데 들어오지 못하게 했니?

안정근　　한국인은 들어올 자격이 없다구요.

안중근　　무엇이야? 자격이 없다구?

안정근　　변론까지 할 권리를 줄 수가 없다구요.

안중근　　분하다, 원통하다. 그러나 우리 동포들의 지성
　　　　　스러운 그 열정에는 눈물이 흐른다. 고맙다,

고맙다.

**안정근** 형님, 우리나라를 생각하고 우리 동포를 생각
하여 끝까지 굳세고 든든하시우.

**안중근** 정근아, 나는 살 생각도 아니하지만 살아날 수
도 없다. 오직 원한이 남았다면, 하고 싶은 말
을 다 못하고 죽는 것이 한이다.

**재판장** 발언금지. 방청인은 즉시 퇴정하라.

**간수 A** (정근을 보고) 나가시오.

**간수 B** 이리 나오시오.

**안정근** 형님, 부러질 염려가 있습니다. 열 번을 찍어
도 꺾이지 마십시오.

**안중근** 정근아, 안심해라.

**안정근** 형님……. (퇴정, 하수로)


간수 A, B 내보내고 제 자리에 가서 앉는다.


**재판장** 이것으로 사실심리가 끝났으니 피고는 물러가
거라.

**간수장** (안중근을 데려다 앉힌다.)

**안중근** (와서 피고석에 와 앉는다.)

**재판장** 변호인의 변론은 어떠하신가요?

미즈노   (일어선다.) 네…….

안중근   그까짓 왜놈의 변론은 들을 필요가 없소.

우덕순   우리 한국인 변호사를 내쫓고 저까짓 왜놈의
변론은 들을 필요가 없소.

조도선   변론은 그만두시오.

유동하   그만두시오.

재판장   피고는 정숙해주길 바란다. 변호인의 변론을
듣기 전에 흥분할 필요는 없는 줄 안다.

안중근   그렇지만 들을 필요가 없소.

우덕순   재판장, 법률이 공명정대하다면 공명정대하게
우리 변호사를 들어오게 해주시오.

조도선   그렇소. 우리에게는 우리 변호사의 변론이 필
요하우.

재판장   피고는 조용히 변론을 들으라.

안중근   변론을 듣는 것도 강제요, 탄압이오.

우덕순   우리는 할 수 없이 탄압에 눌려야 옳소?

조도선   우리는 다 같이 죽읍시다, 죽어요.

안중근   재판장, 나는 죽는 것이 조금도 무섭지 않으
니, 어서 바삐 나를 죽여주시오.

재판장   법정의 질서를 문란케 하는 것은 몰상식한 행
동이 아닌가?

우덕순  좋소. 우리는 나라 없는 백성이라 배운 것이
       없어 이렇소.

검찰관  조용해라. (큰 소리 지른다.)

안중근  (벌떡 일어나며) 이놈아, 누구 앞에 명령이냐?
       어서 나를 죽여라…….

       (간수 A, B 잡는다.) 죽여.

미즈노  판관 각하, 본 변호인은 간단히 피고의 범죄사
       정을 논철하여 말하겠습니다. 우선, 본 건의
       범죄지는 노국 둥칭東淸철도회사 부속지인 하
       얼빈입니다. 그러나 이땅은 청국 영토를 노국
       은 철도 수비상 행정 경찰권만을 가지고 있을
       뿐입니다. 그러므로 이곳은 열국의 영사재판
       권을 얻을 수 있는 개방지라고 보겠습니다. 더
       욱이, 본 건의 장본인인 한국 사람을 공판함에
       있어서는, 메이지 38년 11월 17일 체결된 일한
       협조조약을 본다면, 그 제1조에 일본국 영사
       는 외국에서도 한국 신민을 보호감독할 권리
       가 있다고 분명히 적혀 있으므로, 충분히 한국
       인을 공판할 수 있는 것입니다. 본 건에 대하
       여서 한국 형법을 적용치 않고 우리 대일본 황
       국 형법으로 죄의 경중을 추궁하고 심리하여

적절하게 처리하는 것이 지당하다고 본 변호
인은 생각합니다.

안중근  (피를 뿜을 듯이 분하게 일어서서)
(변호사를 보고) 너는 아무리 말 잘하는 변호사
라고 하지만 우리가 필요치 않다는 변론을 구
태여 할 필요가 없지 않은가?

우덕순  그만두시오. 그러한 변론은 듣고 싶지 않소이다.

유동하  우리는 당신에게 변론을 청한 일이 없소.

조도선  아무리 하고 싶어도 우리를 생각하고 그만두
시오.

미즈노  黙れっ  この朝鮮人  馬鹿野郎! [닥쳐랏, 이
조센징, 바보 자식!]

안중근  なに!  この[뭐? 이] 죽일 놈아! (앉았던 의자
를 번쩍 든다.)

간수장  (막는다.) おい  らんぼうするな゚[이봐, 난폭하
게 굴지 마.]

간수장  (의자를 빼앗는다.) 점잖게 앉으시오.

재판장  법정의 질서를 소란케 하면 가혹한 처벌이 있
을 게다.

안중근  좋소. 우리는 죽기가 소원이오.

우덕순  재판장, 죽으려고 결심한 놈에게 무섭고 두려

울 것이 무엇이오?

**재판장**　변론을 아니할 테니 조용히 앉아서 검찰관의
　　　　논고나 들으시오.

안중근, 우덕순, 조도선, 유동하 흥분을 참고 앉는다.


＊주의＊

이곳에 변호인의 변론 및 본론과 선결문제 총론이 있지만,
연극에는 별로 필요치 않으므로 생략함! 검찰관 논고에도 사
실론과 각 피고의 성격이라든지 범죄의 동기라든지 범죄의
기회 및 행위 상태가 분명히 있고, 또 법률론이라든가 소법訴
法상 문제 같은 것을 일일이 쓰고 싶지만, 이것은 연극에 별
효과가 없으므로 필요한 요소만을 추려서 쓰니 제현諸賢은
양해하소서.


미조부치 검찰관의 논고.


**미조부치**　(진중히 일어서서 좌우를 살피고, 말을 꺼낸다.)
　　　　　재판장의 사실심리가 끝나고 변호인의 변론
　　　　　도 유야무야 간에 중단되었으므로 본직은 간
　　　　　단하게 본 사건의 범죄사실을 취조하고 구명
　　　　　한 대로 질서 있게 논고하겠노라.

피고들은 자세히 들으라. 자고로 한국인에게 암살유행이 되어왔다고 하여도 과언은 아닌가 하오. 왜 그러냐 하면, 메이지 17년에 서재필 徐載弼이가 민영익閔泳翊이를 죽이려고 하던 것이 시초요, 그 다음 메이지 26년에 홍종우洪鍾宇가 상하이서 김옥균金玉均을 암살하였다. 그밖에도 예를 들자면, 박영효朴泳孝에 대한 살인미수, 김학우金鶴羽에 대한 살인미수, 이용익李容翊에 대한 살인미수, 우범선禹範善에 대한 살인미수, 이근택李根澤이에 대한 살인미수, 박용화朴鏞和에 대한 살인미수 또는 지나간 41년에 샌프란시스코에서 스티븐 씨에 대한 장인환張仁煥 등의 살인미수. 이러한 암살사건이 종으로 횡으로 쉴 새 없이 일어나더니 오늘에 와서는 안중근이가 일본의 대표적 인물 이토 공작을 암살하고 말았소이다.

이것은 한국에서 이재명李載明이 이완용을 죽이려다 채 죽이지 못한 사실에 비추어 본다면, 안중근이는 이재명이의 가장 친절한 친구라고 하니 이러한 암살사건을 본 바 더한 소행이라고 보겠습니다. 안중근의 범행은 너무도

대담 하였으므로 세계만국을 놀랬습니다. 피
고의 범행은 법률상으로 보거나 정의인도 상
으로 보거나 국법에 비추어 보아도, 최대악질
의 죄악이므로 본직의 구형은, 제1 안중근은
사형. 제2 우덕순과 조도선은 예비 극형, 즉 2
년간. 제3 유동하는 아직 나이가 어리고 순전
히 안중근의 감언이설과 꾀임에 빠진 것을 충
분히 살폈으므로 본형을 3년 이상 징역에 처할
것이나, 특별히 감형하여 형법 62조 제71조 동
68조 제3항에 비추어 형기를 2분의 1로 감하고
1년 6개월 이상 징역에 처함. 더욱이, 재판장
은 지금 이 시간에 피고들에게 언도가 있을 것
이다.

(검찰관 앉는다.)


유의: 판결언도는 즉석에서 하는 것이 아니나 연극이므로
계속하는 것을 관찰寬察하시라.

공판 최후 1시간 판결언도.


**재판장**　(앉아서 피고를 불러세우고) 이제부터 언도를 할
　　　텐데 피고들은 아무 할 말이 없는가?

유동하   나는 마지막 꼭 한 말씀을 하고 싶습니다. 우
        리나라에 안중근과 같은 의인이 생겼다는 것
        을 가장 영광으로 생각하는 동시에, 나도 안중
        근과 같이 죽지 못하는 것이 한입니다.

조도선   나는 살고 안중근은 죽으니, 죽으면 같이 죽고
        살면 같이 사는 것이 한 나라 한 몸이어늘 어
        찌 내 마음에 슬픔이 없고 아픔이 없겠습니
        까? 나는 사는 것이 죽느니만 같지 못합니다.

우덕순   산도 넘고 바다도 건너 천 리 만 리 사고무친
        척한 백사의 땅에 왔거늘, 동지 안중근을 죽이
        고 내가 살면 무엇을 하겠소. 재판장, 제발 소
        원이니 나도 죽여주시오.

안중근   여러분이 일구동성으로 죽기를 바라고 있소.
        이를 갈고 혀를 깨물고 살아서 일을 해주시
        오. 재판장, 내가 이토를 죽인 것은 가장 통쾌
        하게 생각을 하오. 살인자는 사死라 남을 죽였
        으니 나도 죽어야 마땅하오. 그러나 대한 사
        람이 하필 일본 법률에 의하여 극형을 받게 되
        고 사형을 받게 되니, 이것은 원통하고 분할
        따름입니다.

재판장   마지막 묻는 말인데 이토 공을 언제부터 그렇

게 밉게 생각하였는가?

**안중근**  이토는 5개조 7개 조약을 맺는다고 협박을 하였소. 통감으로 부임을 해와서 우리 동포를 10만 이상이나 죽였소. 피 끓는 지사라면 다 죽이고, 애국사상이 있는 사람은 모조리 죽였소. 내가 오늘 죽는 것은 지하에 묻힌 10만 동포의 원수를 갚고 죽는 죽음이니 가장 영광스러운 죽음이오.

**재판장**  알았어. 이제부터 언도를 할 테야. (일어선다.)

(법정은 죄다 일어선다.)

전부 긴장.

**재판장**  한국 함경남도 원산 무직

유 동 하

당년 19세

한국 함경남도 홍원군 경포면

세탁업 조도선

당년 38세

한국 경성동서東署 동대문 양사동

연초상 우덕순

당년 34세

우 3인은 피고 안중근의 이토 공작 살해행위

를 도와주었으나 직접행동은 아니하였으므로 제국 형법 제62조 제1항, 제63조에 의하여 동법 제199조 형에 비추어 감형하여줄 만하므로 동법 제68조 규정에 좇아 감형된 형기범위 내에서 피고 우덕순은 징역 3년에 처하고, 피고 조도선·유동하는 우덕순에 비하여 죄상이 경하므로 최단기 1년 6개월 징역에 처함.

한국 평안남도 진남포

무직 안중근

당년 32세

피고 안중근은 이토 공작을 살해한 데 대하여 제국형법 제99조에 해당하고 그 다음 가와카미 총영사, 하야시 비서관, 다나카 이사를 살해하려다 목적을 달치 못한 범행은 동법 제43조, 제44조, 제199조, 제303조, 제68조에 해당하므로 피고 안중근은 사형에 처함.

**우덕순**   (운다.)

**조도선**   (운다.)

**유동하**   (운다.)

**안중근**   기쁘다. 우형, 조형, 유형, 울지 마오. 남아가 죽을 땅에서 죽지 못하고 살아난다면 이것은

남아가 아니오. 여러분, 나를 기쁘게 보내주
오. 우리는 씩씩하게 웃는 낯으로 헤어집시다.

**일동**　네.


동지는 힘 있게 서로 몸을 의지하고 울며 웃는다.


—2막 끝—

# 후편 제 3막
## 나오는 인물

안중근 32세

조도선 38세

우덕순 31세

유동하 19세

안중근 모친 57세

안중근 부인 33세

안중근 아들 10세

나카무라 간수장 38세

간수 30세

보호간수 갑 31세

보호간수 을 28세

위안스카이袁世凱가 보낸 사신 50세

중국 애국부인회 대표 31세

중국 혁명가 대표 30세

중국 여자교육가 대표 23세

승려 28세

쿠리하라栗原 감옥 전옥典獄 48세

# 제 3 막

뤼순 감옥.

슬프다. 우리 안의사를 사형집행하는 원수의 3월 26일은 닥쳐왔다. 지금 생각하여도 몸서리가 쳐진다. 저 원수 왜놈이 우리 안의사를 사형하였다. 우리는 이날을 잊지 말자. 우리는 오늘날 선생의 자취를 거룩하게 보이며 우리 3천만이 다 같이 영을 받들어 모시자. 선생은 제발 눈을 감아주소서!

\* 작자의 말 \*

안의사 선생 사기에는 결코 감옥에서 가족을 만난 일도 없고 가족이 찾아간 일도 없습니다. 그러나 선생께서는 아무리 장엄한 의사라도 천륜이야 어디 가겠습니까? 마지막으로 어머님도 생각하시고 아내와 자식까지도 생각하셨을 겁니다.

세상에 위대한 것이 모성애라면 그 어머님인들 여북 안의

사를 만나고 싶었겠습니까. 어머니의 위대한 사랑으로 안의
사가 생겨났고 안의사의 자취가 거룩하다면 그 아들을 낳아
주신 어머님이 마지막으로 감옥에 찾아오셔서 만나보는 것이
결코 논리와 도덕에 허물이 없을 것을 작자는 생각하고, 여기
에 창의의 정열을 기울입니다. 여러분은 너그러이 살피시고
읽으십시오.

셋째 막 무대면.

상수, 중앙, 하수에 각각 감방 셋이 있다. 물론 감방문은 맹
꽁이 자물쇠로 잠겼다.

중앙에 안의사가 있고 상수감방에 우덕순, 하수감방에 조
도선, 유동하가 있다.

상수로 간수장 나카무라가 앉았고 (조명) 이윽고 밤이 밝는
다. 시퍼런 불빛이 더 한층 음산하게 비친다. 햇빛조차 안의
사 계신 방을 구슬프게 휩싸고 돈다. 하룻밤 지새기는 1년 못
지않게 길었다.

오늘 아침 열 시면 안의사는 사형집행이다. 운명의 신은 너
무도 야속하다. 속절없이 죽는 안의사를 뉘라서 구할쏜가?
안의사 선생은 하룻밤 동안 자기의 온 마음의 천하를 다스려
보았다. 여기에 인생의 가장 비참한 패전과 또 영광스러운 승
전이 있다.

공자님 말씀이, "나는 일흔 살에야 하고 싶은 일을 다 하여도 의義에 어그러짐이 없었노라" 하심이 지금 안의사를 가리키는 말씀 같다.

안의사 선생은 인생이 맛볼 수 있는 기쁨 중에 "아아……. 나는 마침내 이겼도다" 하시며 끝까지 굳세고 든든한 패기를 가졌다.


개막.

은은히 염불소리가 들린다.

─무대 뒤에서 효과 목탁소리─


우덕순    안형, 일어나셨소?

안중근    누구요? (수갑 차고 앉았다.)

우덕순    우덕순입니다.

안중근    우형, 왜 밤에 그렇게 안 주무셨소?

우덕순    잠이 와야 자지요. 밝는 것이 원수요.

안중근    갈 사람은 가야지요. 살아 뭣을 하겠소.

우덕순    선생은 가시나 남아 있는 우리는 뭣을 해야 옳소?

안중근    억지로 억지로 참고 살아가는 형님들은 아직도 할 일이 많지 않소?

우덕순   오늘 아침 열 시를 아십니까?

안중근   네……. 초로草露 같은 인생이니 풀끝의 이슬 같이 스러지겠지요.

우덕순   선생님, 원통하고 서럽습니다. (운다.)

(울음소리 들린다.)

안중근   우형, 울지 마우. 제발 울지 마우. 마지막 가는 길에도 그 울음소리를 듣고 가라우?

조도선   선생님, 선생님.

안중근   누구요?

조도선   조도선입니다.

안중근   조형이요?

조도선   네…….

안중근   왜 어젯밤은 그렇게 서럽게 울었소?

조도선   잠도 안 오려니와 눈물이 쏟아져 참을 수가 있어야지요.

안중근   조형, 제발 울지 마시오. 왜 그렇게 맘이 약하시우?

조도선   선생님은 고향산천을 다시 못 보시게 되셨습니다 그려. (흑흑 느껴 운다.)

유동하   선생님, 선생님.

안중근   유동하요?

유동하    선생님, 어떻게 합니까? (우는 소리)

안중근    왜 그렇게 맘들이 약하시우?

유동하    선생님의 음성을 듣는 것도 오늘이 마지막입니다 그려.

조도선    선생님이 가시면 선생님과 같으신 분은 다시 이 세상에서 만나보래야 만나볼 수 없습니다 그려.

안중근    춘초春草는 연년 녹이나 왕손은 귀불귀라우.

유동하    선생님. (느낀다.)

조도선    선생님. (느낀다.)

우덕순    안선생.

안중근    네…….

우덕순    우리는 감옥 속에서 낮에는 유용由用이 보고 싶고 밤에는 성진星辰이 그렇게 보고 싶더니, 살아 있는 우리는 그 유용 그 성진을 다시 볼 수 있지만, 선생은 그 유용 그 성진을 못 보고 가십니다 그려. (운다.)

안중근    우형, 우형. 제발 우시지 마시우. 우리는 기쁘게 작별합시다. 여러분은 아무쪼록 살아서 위대하고 새로운 국가대의를 돕고 나라를 위하여 중추가 되어주시오.

우덕순    네⋯⋯. 우리도 안선생의 뒤를 따르겠습니다.
끝까지 나라를 위하여 빛나게 다투고 죽겠습
니다.

안중근    고맙소, 정말 고맙소. 부탁입니다.


    간수가 하수에서 들어온다.


간수    무엇이오?

간수 갑    네⋯⋯. 안중근의 조반입니다.

간수    (나카무라 간수장 앞에 가서) 안중근의 조반을 가
져왔습니다.

나카무라    あ´そうか゜よし調べて入れてヤレ゜[아, 그런
가. 잘 살펴보고 들여라.]

간수    はい゜[네.](음식을 보고 넣어준다.)

간수 갑    (조반 간수 주고 퇴장)

간수    (문 열고) 안선생, 조반을 가져왔습니다.

안중근    네⋯⋯. (받으며) 고맙습니다.

나카무라    (앞으로 와서) 참 선생은 아까우신 분이 그만 사
형을 받게 되셨습니다.

간수    우리 감옥 안에서는 전부가 다 애석하게 생각
합니다.

나카무라  나는 이 감옥 안에 간수장 노릇까지 하니 여간 오래지 않습니다. 그동안 수많은 죄수가 다 다녀 나갔으나 선생과 같이 모범적 인물은 처음 뵈었습니다.

간수  지조가 있고, 의지가 굳으시고, 인품이 온후하시어.

나카무라  인정도 많으시려니와 또한 두뇌가 매우 민첩하십니다.

간수  선생께서 써주신 글은 정말 큰 기념이 되겠습니다.

나카무라  어쩌면 그렇게 명필이십니까? 나도 선생이 인내라고 써주신 글을 머리맡에 붙여놓고 매일 아침 일어나면 쳐다봅니다.

간수  선생께서는 여기 오신 다음부터 오늘날까지 감옥규칙을 한 번도 어기신 일이 없습니다.

나카무라  한 가지로부터 열 가지까지 다 모범이 되실 일만 하셨지.

간수  전옥께서도 선생의 사형을 여간 슬퍼하지 않습니다.

나카무라  아까운 인재를 죽인다고 여간 한탄을 아니한답니다.

간수     우리들도 선생이 말씀을 하실 때면 언제든지
        금지를 안 시킵니다.

나카무라  우리 간수들이 전부 선생의 인격을 숭배하기
        때문이에요.

간수     참, 아침부터 감옥 문전에는 난리가 났습니다.

나카무라  웬 중국 사람이 많이 왔는지.

간수     모두 안선생을 뵈옵겠다는 사람들이에요.

나카무라  참 중국의 유명하신 분들이 많이 와 계십니다.

안중근    중국 양반들이 그렇게 많이 오셨어요?

간수     많이 오시고 말굽쇼.

나카무라  그리고 한국 부인도 두 분이 와서 계시더군요.

안중근    한국 부인이요?

나카무라  네…….

간수     아마 선생의 가족이 오셨나봐요.

안중근    네…….

나카무라  어서 조반 잡수시오. 시간이 얼마 남지 않았습
        니다.

안중근    네…….


  열린 감방문이 잠긴다.

안중근  (조반을 보니 빵 네 개, 계란 삶은 것 네 개, 단무지
네 조각)

빵 한 개, 달걀 한 개, 단무지 한 쪽씩 넷에 나누어 우덕순,
조도선, 유동하, 안중근 똑같이 나누어 서로 받았다.


우덕순  선생, 선생이 주신 빵 한 조각, 달걀 한 개, 단
무지 한 쪽은 잘 받았습니다.

조도선  저도 받았습니다.

유동하  저도 받았습니다.

안중근  옛날 성인은 말씀하셨습니다. 우정은 애정보
다도 골육의 정보다도 높이 평가하였습니다,
우형.

우덕순  네……. (대답소리 구슬프다.)

안중근  조형.

조도선  (목이 메어) 네…….

안중근  유형.

유동하  네……. (울면서 대답)

안중근  우리는 감자도 같이 삶아먹고 수수밥도 같이
나눠 먹고 굶으면 같이 굶고 먹으면 같이 먹으
며 살아오지 않았소? 소금덩이도 같이 나눠
먹던 우정을 생각하고 마지막으로 드리는 그

빵과 계란, 단무지를 맛있게 먹읍시다.

우·조·유    (울면서 대답하고 먹는다.)

승려        (하수에서 목탁 두드린다.)

간수        (나가서 향로에 향불을 사르어 들고 안의사 계신 감
           방 앞에 들여다놓는다. 연기가 실안개 돈다.)

승려        (하수에서 나온다.)


  안의사를 모셔 낼 원수의 시간이 임박했다.


안중근      지금 몇 십니까?

승려        네……. 아홉 시입니다.

안중근      아홉 시요.

승려        네……. 조용하신 마음으로 계십시오. 부처님
           께서 괴로우신 마음을 어루만져드립니다.

안중근      (꿇어 앉는다.)

승려        (감방 속으로 들어가 슬픈 목소리로)
           장하고 장하시외다. 안의사 선생이시여. 대한
           제국 황해도 출생 당년 32세 안중근 선생은 그
           뜻이 장하고 의가 굳세었나이다. 불행하여 오
           늘날 목숨은 끊어지고 몸은 부서져도 나라에
           는 영웅이요, 동포에게 의인이로소이다. 고향

을 바라보고 어찌 눈을 감으시며 형제자매를
생각하고 어찌 눈물이 아니 흐르오리까. 젊은
형제와 자매들은 이 소식을 듣고 통곡할 것이
요, 삼천 리 강산도 서러워서 울 것입니다. 나
라를 위하고 동포를 살리려다가 가시는 길이
아닙니까. 거룩하고 장하시외다. 황천길이 멀
고 멀어 어찌 선생께서 혼자 가오리까. 고향산
천은 선생의 앞길을 인도하올 것이요, 2천만
동포는 선생의 앞길의 등불을 밝혀드릴 것입
니다. 의열의 붉은 피를 흘리시는 안선생의 영
을 삼가 받들어 모십니다. 아미타불 관세음보
살. 극락으로 모시소서.

단기 4243년 3월 26일.


하수에서 전옥이 들어오니, 나카무라 간수장과 간수 경례한다.

전옥 뒤에는 위안스카이가 보낸 사신, 중국 애국부인회 대
표, 중국 혁명가 대표, 중국 여자교육가 대표가 엄숙하게 들
어온다.


전옥   (간수장을 보고)

문을 열고 안선생을 나오게 하시오.

나카무라　네……. (경례하고)

　　　　　　(문 연다.)

안중근　　(나온다.)

승려　　　(나온다.)


　일동 상하수로 규율 있게 선다.


전옥　　　안선생, 우리 뤼순 감옥 일동이 모두 안선생의
　　　　　죽음을 애석하게 생각합니다.

안중근　　감사합니다.

전옥　　　선생은 한국을 대표한 영걸이라고 봅니다.

안중근　　부끄럽습니다.

전옥　　　영웅의 말로는 언제든지 비장합니다.

안중근　　(고개 숙인다.)

전옥　　　이분들은 중국을 대표한 가장 큰 인물들입니
　　　　　다. 안선생을 마지막 뵈옵는다고 중국의 4억
　　　　　만을 대표하여 경의를 표하러 왔다고 합니다.
　　　　　반갑게 만나보십시오.

안중근　　네, 감사합니다.

사신　　　(안의사에게 절)

안중근　　(받는다.)

사신　　나 위안스카이 대통령 각하의 심부름으로 왔
　　　　습니다. 선생의 거룩한 자취를 삼찬사탄三讚四
　　　　歎하고 계십니다.

안중근　황송합니다.

애부대표　저는 우리 중국 애국부인회 대표로 왔습니다.
　　　　선생이 흘리시는 거룩하신 피는 중국 4억만을
　　　　도와주신 크고 높으신 은혜라고 생각합니다.

안중근　황송합니다.

혁명가대표　나는 우리 중국 전 혁명가를 대표해 왔습니다.
　　　　선생의 위대하신 공적은 우리 중국을 세움에
　　　　가장 위대한 힘이 되었다고 생각합니다.

안중근　황공합니다.

교육가대표　저는 우리 중국에 있는 모든 여자 교육가를 대
　　　　표하여 왔습니다. 국가란 반드시 인민의 힘으
　　　　로 서지는 것입니다. 선생과 같으신 의인이 없
　　　　고는 혁명을 백만, 천만 번 일으켜도 도저히
　　　　나라가 바로서지 않습니다. 선생의 거룩하신
　　　　자취는 빛이 되고 거울이 되어 우리 중국 교과
　　　　서에도 오를 것입니다.

안중근　황송합니다.

　(중국 네 사람 자리를 깔고)

**사신**  우리는 선생을 처음으로 모시고 마지막으로 모십니다. 절을 받으십시오.

(일동 절)

**안중근**  (공손히 절 받는다.)

(안의사께서도 감격하여 우신다.)

**사신**  (절하고) 이것은 위안스카이 각하께서 선생께 보내드리는 글입니다. 제가 읽어 바쳐드리겠습니다.

(비장하게 읽는다.) 평생에 하고 싶던 일을 지금 다 하니 죽을 땅에서 살기를 도모하는 것은 장부가 아니다. 몸은 비록 한 나라에 있으나 그 이름이 만국에 떨치니, 백 세를 살지 않아도 죽음이 천추에 빛났도다.

**간수 을**  (하수에서 들어와 경례하고)

전옥께 말씀드립니다. 사형 집행장에는 검사와 공의, 법원장 모두 나와 계십니다. 시간은 20분밖에 남지 않았습니다.

**전옥**  알았어. (간수 을 바쁘게 퇴장)


중국 양반 모두 비장하게 무언중에 묵례로 전부 퇴장.

전옥　안선생, 지금이 아홉시 사십분이오.

안선생은 이제 20분밖에 이 세상에 인연이 남
아 있지 않소. 마지막 소원이 무엇이오?

안중근　아무 것도 없습니다. 오직 소원이 있다면 감방
속에 있는 내 동지들이나 만나게 해주십시오.

전옥　네, 알았습니다. 그 다음엔 소원이 무엇입니
까?

안중근　아무 것도 없습니다.

전옥　가족을 만나볼 생각은 없습니까?

안중근　가족이요?

전옥　네.

안중근　죽는 나는 명이 짧아 죽지만, 이 모양 이 꼴을
왜 가족에게 보여줍니까.

전옥　나의 간절한 부탁입니다. 고향에서 오신 어머
님 정성을 생각하시고 만나보십시오.

안중근　어머님이 오세요?

전옥　네.

안중근　(울면서 고개 숙인다.)


어머니, 옥남, 부인 들어온다.

어머니    (아들을 보는 순간 천지가 캄캄하여 분간조차 못한다.)

안중근    어머니.

어머니    중근아. (들어가 안고 운다.)

옥남      아버지. (들어가 붙들고 운다.)

안중근    부질없는 길을 왜 왔소? 이 모양이 보기 좋아
         왔소?

부인      어머님을 모시고 왔습니다.

어머니    중근아, 에미는 빈다. 아이에미를 용서해주어라.

안중근    주정꾼 판에 가서 주정을 잘 못하구, 도적놈
         판에 가서 도적질을 잘 못했습니다.

어머니    주정은 잘 못하고 도적질은 잘 못했어도 사람
         으로서 완전한 일은 했다. 값있는 일은 했다.

전옥      시간이 없으니, 어서 그만 나가시지요.

안중근    어머니, 만일 이 자리에서 우신다면 대한 사람
         의 수치입니다. 저를 기쁘게 보내주십시오.

어머니    오냐, 에미는 울지 않으마. 옥남이를 네 대신
         보고 살겠다.

안중근    옥남아, 아버지 앞에서 천자를 읽으며 울던 버
         릇이 나와서는 못 써. 울지 말고 값있는 남아
         가 되어라.

옥남      아버지.

부인, 어머니, 옥남 퇴장.

우덕순, 조도선, 유동하 세 동지 나온다.

우덕순    선생님, 이렇게 서로 헤어질 줄 누가 알았습니까.

안중근    우형, 부디 오래 살아, 일 많이 하우.

조도선    선생님, 죽고 싶어도 죽지 못하고 선생을 보내
           는 이놈이 얼마나 죄가 많습니까. (운다.)

안중근    형님, 부디 나라일을 부탁합니다. 힘껏 일해주
           시우.

유동하    선생님, 열 시 치는 시계소리를 어떻게 듣습니
           까. 선생님. (엉엉 운다.)

안중근    여러분, 저는 갑니다. 기쁘게 작별을 합시다.

승려      (가장 슬프게 회심곡을 시작한다.)


간수장만 남고, 전옥 하수에 있던 간수가 와서 안의사에게
용수를 씌운다.

간수 갑, 을 총을 겨누고 사형장으로 나간다.

세 동지 울음소리가 점점 높아진다.


승려      (회심곡)
        봉원사奉元寺 박기환朴基煥 올림.
        이 세상에 나왔다가 악한 일을 짓지 마오.

삼강오륜 몰라보고 주야 없이 죄만 지으면
백발 되어 뉘우친들 후회막급 어찌 할까.
이 세상이 견고한 줄 허랑방탕 믿었다가
할 수 없는 죽음길은 사람마다 다 겪는다.
인생부득 항소년은 풍월 중에 명담이요,
삼천갑자 동방석은 전생후생 초문이라.
팔백 년을 살던 팽조 고문 금문 또 있는가.
부운 같은 이 세상에 초로 같은 우리 인생
물 위에 거품이요, 위수 중에 부평이라.
칠팔십을 산다 해도 일장춘몽 꿈이로다.
이 세상을 하직하고 북망산천 돌아갈 제
부모형제 일가친척 친구 벗을 다 버리고,
지부황천 돌아갈 제
영웅도 죽지 않고 호걸도 죽지 않나.
호걸이라 자랑 마소,
만고 영웅 진시황도 예산 추수 잠들었고
글 잘하던 이태백이도 기경상천 하여 있고
만고일부 석중이도 할 수 없는 죽음이라
천하명장 초패왕도 조강월색 흔적 없고
구산하던 한 무제도 분수추풍 한탄이라.
천하묘사 제갈량도 지묘로다 못 면하고

남중일색 두목지도 죽음만은 못 면하며
여중일색 양귀비도 자태로도 못 면하니
억조창생 만민들아, 선심공덕 어서 하소.
일생일사 공한 것은 사람마다 다 겪는다.
붉은 피로 세례 받고 원수의 장 물리치니
거룩할손 안의사의 일생일사 영웅이라
그 이름 세계만국에 떨쳐지니
사해진동 안의사여,
벽혈을 뿌리심이 삼천 리에 빛나도다.


회심곡 끝나자, 시계가 열 시 치는 소리.


우덕순    아이구, 이제는 우리 선생이 죽었구나. (세 동
          지 운다.)
          우리는 선생의 유지를 받들어 모시며
          만세를 불러드립시다.
          대한독립 만세! (가장 슬프게 들린다.)
조도선    (비장하게) 만세!
유동하    (우덕순, 조도선과 함께) 만세!


막이 내린다.

## 연보

1879년(고종 16년)  9월 2일(음력 7월 16일)에 황해도 해
　　　　주읍에서 아버지인 안태훈安泰勳과 어머니 조趙
　　　　마리아의 맏아들로 태어나다.

　　　　　배와 등에 검은 점이 7개 있어, 응기칠성應基七
　　　　星이라 하여 아명을 응칠應七이라 하다.

　　　　조부 인수仁壽는 진해 현감鎭海縣監을 지냈으며,
　　　　가문이 지방호족으로, 대대로 해주에 세거世居하
　　　　여, 세력과 명망을 누리다.

　　　　　본관은 순흥順興이고, 고려 때의 유명한 유학자
　　　　안향安珦의 손으로서, 아버지는 성균 진사를 지냈
　　　　으며, 어머니는 배천[白川] 조씨이다.

1884년(고종 21년, 6세)  가산을 정리하여 가족이 신천군
　　　　信川郡 두라면斗羅面 청계동淸溪洞으로 이주하다.

서당에 다니며 학문을 배웠으나, 학문보다는 사냥
에 뜻이 있었고, 나중에 명사수가 되다.

**1892년**(고종 29년, 14세) 조모가 별세하다.

**1894년**(고종 31년, 16세) 김아려金亞麗와 결혼하여 2남1녀
를 두다.

이 해에 동학란이 일어나서 황해도 지방에도 기
세를 떨쳤는데, 부친과 더불어 포수들을 모집하여
신천 지방의 동학군을 격파하고 무기, 탄약, 군마,
군량미 등 많은 전리품을 노획하다. 이 때 동학군
의 접장이던 김구金九와 교분을 맺다.

**1895년**(고종 32년, 17세) 지난해에 동학군에게 노획한 군
량 중 절반은 탁지부 대신 어윤중魚允中의 것이고,
나머지는 전 선혜청 당상 민영준閔泳駿의 것이라
고 반환을 요구해왔으나 거절하다. 이 때문에 반
역을 꾀한다는 모함을 받아 프랑스인의 천주교당
으로 도피하다. 이때부터 온 가족이 천주교 신자
가 되고 전도에 힘썼으며, 마을사람이 거의 다 신
자가 되다. 프랑스인 홍요셉(한국명: 홍석구洪錫九)
신부에게 영세領洗를 받다. 영세명 도마(多默 道瑪).
홍신부와 같이 경성京城으로 올라가 민閔주교主敎
에게 대학설립을 요청했으나 묵살당하다. 이 일로

인해 천주교는 믿되 외국인은 믿지 않기로 하고, 프랑스어 공부도 그만두다.

**1896년**(고종 33년, 18세) 옹진군민甕津郡民의 돈 5천 냥을 전 참판前參判 김중환金仲煥이 갈취한 것을 김중환에게 가서 따져 되찾다.

**1897년**(고종 34년, 19세) 관리들의 학정虐政에 천주교인들이 항거하다. 불한당이 천주교인 행세를 하고, 관리들이 모함하여 조정에서는 사핵사 이응익李應翼을 파견하여 천주교인을 체포하게 하다. 안의사의 아버지도 체포하려 했으나 항거하여 모면하다. 아버지에게 행패를 부린 청국인淸國人 의사 슈커敍哥를 징계하다.

**1905년**(고종 42년, 27세) 을사보호조약이 체결되다.

아버지와 상의하여 집안이 독립운동을 위하여 중국으로 옮기기로 하고, 안의사는 먼저 중국으로 떠나고 집안 사람들은 진남포鎭南浦로 옮겨 대기하게 하다.

일본의 불법침략을 세계 각국에 호소, 국권을 회복하기 위하여, 안의사는 산둥山東 등지를 두루 돌아다닌 다음, 상하이上海로 가다. 상하이에 와 있는 민영익閔泳翊을 만나려고 세 번이나 찾아갔으나 거절당하고 분노하다.

상하이의 천주교 성당에서 황해도에서 전도하는 프랑스인 곽郭신부를 만나, 중국으로 이주하지 말고 국내에 남아 교육과 유세로 계몽과 실력배양에 힘쓰라는 권고를 받고 그 말에 따라 국내로 되돌아오다.

부친의 별세로 청계동에서 장례식 엄수하다. 평소 즐기던 술을 대한독립의 날까지 끊기로 하다. 진남포에서 안창호의 연설을 듣고 문명개화와 국권회복의 필요성을 절감하다.

**1906년**(고종 43년, 28세)  가족을 데리고 청계동을 떠나 진남포로 이주하다. 가산을 기울여 삼흥학교三興學校와 돈의학교敦義學校를 설립하여 직접 교무를 맡아 교육에 힘쓰다.

**1907년**(순종 1년, 29세)  아버지의 친구 김진사金進士가 찾아와 해외로 망명할 것을 권유하다. 평양으로 가서 광산鑛山에 손을 대었으나 일본인들의 방해로 실패하다. 국채보상회國債報償會의 일을 맡아보다.

가족과 헤어져 북간도北間島를 경유하여 러시아의 블라디보스토크海蔘威에 이르다. 이곳 청년회에 참가하여 임시사찰臨時查察로 뽑히다.

**1908년**(순종 2년, 30세)  엄인섭嚴仁燮, 김기룡金起龍과 의

형제를 맺고, 의병義兵과 의금義金모집에 나서다.

이범윤李範允, 김두성金斗星 등과 '대한의군大韓義軍'을 조직하고 참모중장參謀中將 직을 맡아 두만강을 건너 경흥에 들어와 적 50명을 사살하고, 회령까지 진격하다.

그 뒤, 일본군과 교전했으나 패하여 1개월 반 만에 구사일생으로 엔치야烟秋로 귀환하다.

**1909년**(순종 3년, 31세)  김기열金基烈, 백낙길白樂吉, 박근식朴根植, 김태련金太連, 안계린安啓麟, 이주천李周天, 황화병黃化炳, 장두찬張斗瓚, 유파홍劉坡弘 등 11명과 같이 왼손 무명지를 자르고 단지혈맹斷指血盟을 맺다(안의사가 공판정에서 말한 사람들과 이름이 다르나 공판정에서 말한 것은 동지들의 신변을 위하여 사실과 다르게 진술한 것 같다).

교육에 힘쓰고, 여러 사람의 마음을 단합시키려고 애썼으며, 신문을 통하여 정세파악을 하다.

정대호鄭大鎬의 편지를 받고 일시 귀국하여 가족을 데리고 와줄 것을 부탁하고 귀환하다.

동지 몇 명과 함께 국내에 잠입하여 동정을 살피려 했으나 자금이 없어 그만두다. 9월에 블라디보스토크로 가서 이토 히로부미가 온다는 소문을 듣고, 신문을 통해 사실임을 확인하다. 이토를 저격하려고 황해도 출신 의병장 이석산李錫山에게 1백 원을 차용하고, 우덕순禹德淳과 계획을 세우다.

　도중에서 유동하劉東夏, 조도선曺道先 등을 가담시키고, 10월 22일 목적지인 하얼빈哈爾濱에 도착하다. 우덕순, 조도선에게 지야이지스고 역에서 이토를 저격하게 하고, 실패하면 안의사가 하얼빈 역에서 저격하기로 하다.

　1909년 10월 26일 오전 9시 30분, 이토를 태운 특별열차가 지야이지스고 역을 그대로 통과해 하얼빈 역에 도착하다. 이토가 열차에서 내려 러시아 재무대신 코코프체프와 의장대를 사열하고 돌아서는 순간, 권총을 발사하여 이토에게 세 발을 명중시키고, 가와카미川上 하얼빈 총영사, 모리森 궁내대신 비서관, 다나카田中 만철이사滿鐵理事에게 중상을 입히고 현장에서 러시아 헌병에게 체포되어, 일본 영사관에 인도된 후 뤼순旅順 감옥에 투옥되다.

**1910년**(순종 4년, 32세)　안의사 등 4인에 대한 제1회 공판이 뤼순 지방법원에서 2월 7일 열리다. 2회 공판은 2월 8일에, 3회 공판은 2월 9일에, 4회 공판은 2월 10일에 열리다. 4회 공판에서 검찰관이 안의사에게 사형, 우덕순·조도선에게 3년, 유동하에게 1년 6개월을 구형하다. 5회 공판은 2월 12일 열리다. 제6회 최종언도 공판이 2월 14일 열려 안의사에게 사형, 우덕순·조도선에게 3년, 유동하에게 1년 6개월을 언도하다.

이날 오후 2시 정근, 공근 두 아우는 안의사를 면회하고 부친父親의 말씀을 전하다.

"네가 국가를 위하여 이에 이르렀은즉 죽는 것이 오히려 영광이나, 모자가 이 세상에서 다시 상봉치 못하겠으니 그 정리에 있어서 어떻다 말할 수 없다."

옥중에서 해박한 역사지식으로 당시의 역사적 사실을 분석한 '동양평화론' (미완)을 저술하다.

3월 26일 오전 10시, 뤼순 감옥에서 형이 집행되어 순국하다. 어머님께서 보내온 한복으로 갈아입고 뤼순 감옥 형장에 임하여, "나는 동양평화를 위하여 한 일이니 내가 죽은 뒤에라도 한·일 양국은 동양평화를 위하여 서로 협력해주기를 바란다"는 간곡한 부탁을 남기고 천주께 기도를 드린 후 순국하시니, 이 때가 10시 15분이다.

## 희곡 안중근

2010년   3월 15일    초판 1쇄 발행


**지은이**    김춘광
**펴낸이**    윤형두
**펴낸데**    종합출판 범우(주)

**등록**    2004. 1. 6. 제406-2004-000012호
**주소**    (413-756) 경기도 파주시 교하읍 문발리 출판단지 525-2
**전화**    031-955-6900~4, FAX / 031-955-6905

잘못된 책은 바꾸어 드립니다.                           교정 · 편집/김정숙 · 윤아트
ISBN 978-89-6365-027-2 03810      (홈페이지)  http://www.bumwoosa.co.kr
                                              (이메일) bumwoosa@chol.com